仇討ち乙女

ものぐさ右近人情剣

鳴海　丈
Narumi Takeshi

目次

第一話　江戸の春　5
第二話　鞘《さや》の中　45
第三話　仇討《あだう》ち乙女《おとめ》　86
第四話　夏の音　126
第五話　賭場《どば》の客　170
第六話　紅葉の女　214
番外篇　三島《みしま》の桜（書き下ろし）　255
あとがき　282

第一話　江戸の春

1

「おっ」

その浪人は足を止めて、まじまじと相手の顔を凝視した。

見つめられた相手は、武家の妻女である。こちらも、浪人と視線が合った瞬間に、「あ……」と驚きの声を上げげそうになったのだが、さすがに嗜《たしな》みがあるので、小さく息を呑《の》んだだけであった。

桜花満開の春――日本橋の袂で、むさい旅支度の浪人者と美しい武家の妻が、互いに言葉もなく立ち尽くし、相手を見合っている様は、まるで、芝居の一場面のようであった。

「江戸に……おられたのですか」

丸髷の女の方が、先に言葉を口にした。

二十代後半であろう。ほっそりした軀《からだ》つきで、面立《おもだ》ちも繊細である。

震える声音《こわね》に、わずかに怨《えん》ずるような響きがあった。

「いや。一刻《いっとき》ほど前に、高輪の大木戸を通り過ぎたばかりだ」

左手で伸びた月代《さかやき》の土埃を払うようにして、浪人は言う。

「まあ」

その時になって初めて、女は、彼の右手の編笠や袴の裾から見える草鞋《わらじ》に気づいたようであった。それまでは、顎のがっしりした浪人の顔しか、視界に入らなかったのであろう。

「江戸は十数年ぶりだが、私は一目で、八重《やえ》……いや八重殿だとわかったよ」

「十二年ぶりでございます」

即座に、女は言った。

「右近《うこん》様も、ご健勝なご様子で、何よりで……」

不意にこみ上げて来た嗚咽《おえつ》によって、女の言葉は断ち切られた。が、女は袂を噛んで、必死でそれを堪《こら》える。

大きな風呂敷包みを背負った貸本屋の若者が、二人を迂回して、この不思議な愁《しゅう》嘆場《たんば》を怪訝《けげん》そうな顔で見て行った。

日本橋通りは、世界一の大都市である江戸の物流の中心であり、その賑わいは大変なものであった。二人は、その往来に突っ立ったままなのだから、邪魔だし目立つのは当たり前である。

それに気づいた浪人は、

「こんな場所で、立ち話もなるまい」

呟くように言って、歩き始める。女は黙って、彼のあとに従った。

徳川十一代将軍・家齊《いえなり》の治世――陰暦二月の、暖かい日の正午《ひる》前のことであった。

2

秋草《あきくさ》右近は、御家人《ごけにん》の秋草多十郎《たじゅうろう》の次男として生まれた。

彼の下に弟が一人と二人の妹、合計で、五人兄弟ということになる。この時代の家族構成としては、子沢山といえるほどの人数ではない。

が、評定所書役を勤める主人の役高が三十俵、それに御役金が十両という収入では、生活は非常に苦しかった。

本来なら、夫婦二人だけで食べてゆくのがやっとという経済状態に加えて、先祖伝来の家宝ならぬ借金が積もり重なっているのだから、これはもう、お話にならないほどの貧乏であった。

町人なら、貧乏は貧乏なりに開きなおれば、格好にも気をつかわずに済む。だが、主持ちの武士は、そうはいかない。

たとえば、右近も腰に棒っ切れを差して歩くわけにはいかないし、上役には盆暮の届け物がかかせないのだ。

だから、多十郎の筆耕《ひっこう》の内職などによって、何とか生活しているという有様である。

そのため、弟と妹たちは、生まれてすぐに養子に出された。秋草家に残った子供は、右近と三歳年上の長男の又一郎《またいちろう》だけ。

嫡男《ちゃくなん》を手放さないのは当然だが、右近も残されたのは、又一郎に何かあった時のために〈控《ひか》え〉としてであった。武士にとって最も重要なことは、家の存続なのである。

大名家では、藩主の次男坊のことを、露骨に〈お控え様〉と呼ぶところもある。いくら丁寧語の〈お〉と敬称の〈様〉をつけても、かなり失礼な呼び方だ。

で、秋草家のお控え様であるところの右近は、兄と違って文武両道の〈文〉の方は今ひとつだが、〈武〉の方は間違いなく一級品であった。

剣は鬼貫《きかん》流抜刀術を学び、十七歳で師の埴生鉄斎《はにゅうてっさい》に目録を与えられている。

剣の道の面白さに目覚めた右近は、家を出て埴生道場の師範代として生きようか――などと考えるようになった。

ところが、その翌年、彼に入り婿の話が持ち上がったのである。相手は、家禄七百石の旗本・近藤甚右衛門《こんどうじんえもん》の一人娘、八重。

七百石の旗本といえば、戦時では甲冑《かっちゅう》持ちや槍持ち、馬の口取りなど、十名ほどの人間を連れて出陣せねばならない。平時でも、外出に必要なのが最低でも十人前後、屋敷内の奉公人も十人程度は必要だ。

納戸頭《なんどがしら》を勤める近藤甚右衛門の屋敷には、三十名近い奉公人がいるという。

若党《わかとう》の一人もいない秋草家とは、えらい違いである。

将軍家の衣服や調度品などを扱う納戸頭は、なかなかに旨味《うまみ》のある役職で、近藤家も内実は裕福だという。

そんな家から入り婿の口がかかったのだから、冷飯喰いの右近としては欣喜雀躍《きんきじゃくやく》すべきなのだが、やはり美味《おい》しいだけの話ではなかった。

近藤甚右衛門は六十近い年齢で、子供は遅く出来た八重しかいない。十六歳の八重は天女の生まれ代わりかといわれるほどの美人だそうだが、生まれつき軀が弱く病気がちで、そのため、今まで婿取りを引き延ばして来たのである。

しかし、甚右衛門は最近、めっきりと体力の衰えを感じるようになって来た。このまま跡取りがないと、甚右衛門にもしもの事があった場合、近藤家は断絶である。

そこで、急遽、婿を取ることになったのだが、甚右衛門が難しい条件を出した。自分が健在な内に、たとえば三年以内に、初孫の顔を見せられる精気活発な男――という無茶な条件であった。

最初は親戚筋の次男、三男が候補に上がっていたのだが、さて、仲人《なこうど》から「無事に〈お役目〉を果たせるか」と問われると、誰も簡単にはうなずけない。

三年以内に八重を懐妊させると安請け合いして婿入りし、もしも実行できなければ男として大恥をかくことになるし、近藤家も追い出されるだろう。

誰もがしりごみをしている内に、仲人がたまたま、埴生鉄齋と知り合いであったことから、秋草右近に声がかかった。

何しろ、右近は、「簞笥《たんす》に手足が生えたような」と陰口を叩かれるほど逞しい体軀をしており、鬼も泣いて逃げ出すという埴生道場の千日稽古に耐え抜いた、抜群の気魄と体力の持ち主なのである。

極貧の暮らしゆえ、岡場所《おかばしょ》へ遊びにゆく余裕もなく、右近は未《いま》だ女人《にょにん》を識《し》らなかったが、この場合は、その初心《うぶ》さもまた、好ましく思われた。

ひそかに右近を観察した近藤甚右衛門は、首を縦に振ったが、「如何《いか》に仮親を立てるとはいえ、七百石と三十俵では身分が違いすぎる」と親戚筋から横槍が入った。

そこで――右近の婿入りを非公式なものとして、「三年以内に八重が懐妊したら、正式の婿として公儀に届け出る」という屈辱的な条件が付け加えられたのである。

まだ若かった右近は、その条件を聞いた瞬間に、仲人を張り倒してやろうかと思うほど、激怒した。武士たる者が、種つけ馬扱いされて怒らない方がおかしい。

だが、多十郎夫婦は、右近が婿にゆけば食い扶持《ぶち》が一人減って、嫡男の又一郎に嫁が迎えられると大乗り気であった。

しかも、近藤家からは多額の支度金が送られるという。秋草家の家計を考えれば、これは断れる話ではない。両親に説得された右近は、ついに婿入りを承諾した。

十八歳の花婿に十六歳の花嫁だが、格別に早婚とはいえない。

庶民の娘は、十代半ばで結婚するのが普通であった。武家の娘は、もっと遅く結婚したが、それは、嫁入り費用が工面できないほど家計が苦しい家が多かったからだ。

この時代――一説によれば、平均寿命は三十代半ばであった。幸若舞《こうわかまい》の『敦盛《あつもり》』では、「人間五十年……」と謡《うた》われている。

どちらにしても、医学が未発達で乳幼児の死亡率が高かったため、人々はなるべく早く結婚して、なるべく沢山の子供をつくることが、責務となっていたのである。

武家も町家も、男児は原則として十五歳で元服《げんぷく》――すなわち、成人となった。現代の成人式が二十歳であるから、五年も早かったことになる。

現代人と明治時代の人間とを比べる時には、現代人の年齢の七掛けが明治人に相当するといわれている。つまり、現代人の五十歳と明治人の三十五歳は、精神の成熟度においても肉体の老化度においても同等だというわけだ。

同じように、江戸時代の人々の心情や行動を理解するためには、彼らの実年齢に五歳から十歳ほど上乗せする必要があろう。

すなわち、十八歳の右近は、現代人のそれに換算すると、二十三歳から二十八歳。十六歳の八重は、二十一歳から二十六歳というわけだ……。

さて――まるで、深山に棲《す》む猩々《しょうじょう》の生贄《いけにえ》となる乙女のような心境で、右近は近藤家に婿入りした。予想通り、甚右衛門夫婦の態度は冷たい。

だが、密葬ならぬ〈密婚〉の儀式がつつがなく終了して、初めて花嫁と向かい合った右近は、その清純な美貌に驚かされた。

俗に「仲人口《なこうどぐち》は話半分」というが、近藤八重は、話に聞いていたより何倍も美しかった。

それに、ほとんど金で買われたような花婿であるにもかかわらず、右近を軽んずるような態度は微塵《みじん》もない。

それどころか、

「わたくしのような脆弱《ぜいじゃく》な者を妻にしていただきまして、感謝の言葉もございません。至らぬ女ではございますが、精一杯仕えさせていただきますゆえ、末長く、よろしくお願いいたします」

三指《みつゆび》ついて丁寧に挨拶されて、右近は感激してしまった。八重は、容姿だけではなく心も美しい娘だったのである。

こうして、最悪の経過で結婚した二人は、最高の夫婦《めおと》といえるほど仲睦《なかむつ》まじく労《いた》わり合い、その甲斐あってか、半年後に、八重は見事に身籠《みご》もったのである。

これで万事目出度《ばんじめでた》しとなるはずだったのだが……。

3

秋草右近は、腹這いのままで手を伸ばし、膳の上の銚子をとった。すっかり冷えてしまった燗酒を、喉の奥に流しこむ。

そこは――小網町にある船宿の二階であった。

彼の肘に、八重の繊手《せんしゅ》がそっと触れた。

右近は、仰向けに寝ている八重の方を見た。二十八歳の人妻は、肌襦袢《はだじゅばん》で腰のあたりを覆い、左腕で胸乳《むなぢ》を隠しているだけの裸体である。

ほつれ髪を汗に濡れた額に貼りつかせた八重は、甘える表情になって目を細めた。下唇を、軽く突き出すようにする。それだけで、女が何を求めているのか、右近にはわかった。

銚子に残っていた酒を口に含むと、八重に接吻する。そして、唇を窄《すぼ》めると、静かに酒を流しこんだ。

「ん……」

八重の細い喉が、とくんとくん……と動いて、その酒を美味しそうに飲みこんだ。酒を飲み干しても右近の唇を離そうとはせずに、柔らかい舌先を絡めて来る。右近もそれに応えて、ひとしきり、二人は互いの舌を吸い合った。

「お行儀の悪いことをしてしまったなァ……八重」

ようやく唇を外した右近がそう言うと、八重の顔に穏やかな微笑が広がって、

「それは、お酒のいただき方のこと？　それとも……」

何という非凡な美しさであろう──と右近は思った。

雪白《ゆきじろ》の肌に、黒みがちの大きな目。鼻梁は定規で計ったように一直線だ。しかし、その肉づきが薄いのと、鼻翼が丸くて全体のラインをまろやかにしていることから、驕慢な印象は全くない。

口は小さめで、ふっくらとした唇の両端が窪んでいるため、童女のように邪気のない印象を受ける。心の浄《きよ》らかさが、そのまま肌の上に浮かび上がったような、上品な美貌であった。

前《さき》にも述べた通り──この時代の女性は原則として、十三歳から十八歳までが適齢期で〈娘〉と呼ばれていた。十九歳から〈女〉と呼ばれ、二十歳を過ぎると〈年増〉、

二十代半ばで〈中年増〉、三十近くなると、〈大年増〉と呼ばれてしまう。

しかし、十二年の歳月は、八重の美しさを少しも損なうことなく、むしろ、その美しさに深みを与えているようだった。

右近としては、邪《よこしま》な想いがあって彼女を船宿に誘ったわけではない。座敷で杯を交わしながら、誰にも邪魔されずに、ゆっくりとこれまでの話をしようと思ったまでだ。

だが――いざ、二人きりになってみると、長年の間、耐えに耐え抑えに抑えて来た激情が、活火山のようにこみ上げて来て、八重の手をとり、己《おの》が胸の中に抱きよせてしまったのである。

八重もまた、恥じらいを残しつつも、どうしようもなく火照《ほて》っている軀を自分から右近に押しつけて、愛の行為をせがんだ。

二人は激情のおもむくままに、睦《むつ》み合った。胡弓《こきゅう》の音色を思わせるか細い歔欷《きょき》の声が、障子や襖を閉めきった座敷の中に嫋々《じょうじょう》と流れた。

十二年間の空白を、この一刻《ひととき》で取り戻そうとするかのように、二人は燃えた。

今から十二年前――愛し合う若夫婦は、その妊娠が判明するや否や、生木《なまき》を裂くように無理矢理に別れさせられたのである。

子ができたら正式な婿に迎える――と約束した近藤甚右衛門であったが、いざ、そうなってみると、急に婿としての右近の身分差が気になりだした。やはり、同格の婿を世間に披露したいという思いが、むくむくと黒雲のように頭をもたげてきたのだ。

高名な占い師が、八重のお腹の中の子は男児だと断言したことも、甚右衛門の非情な決意の後押しをしたらしい。

わずかな作法の間違いを理由にして、その日の内に、右近は弊履《へいり》を捨てるがごとく近藤家から放逐《ほうちく》されたのである。八重と別れの言葉をかわすことさえ、許されなかった。

激怒と絶望から、右近は、近藤屋敷へ斬りこもうかと思った。しかし、八重の目の前で彼女の両親を斬れるか——己《おの》れに問い返すと、それは断念するしかなかった。

今さら、実家へ戻ることも出来ないし、戻ったところで自分の居場所があるわけもない。それに、このまま江戸にいて、八重が新しい婿を迎えるのを指をくわえて見ていることも、不可能であった。

右近は、埴生道場の外から見えぬ師の姿に深々と頭を下げて、その足で江戸を出た。そんな金は打ち捨ててしまいたかったが、甚右衛門から手切金として五十両が渡されていたため、結果として、旅費には困らなかったのである。

それから十二年間の間——秋草右近は、浪人となって関八州を流れ歩いた。

馬鹿なことも色々とやった。賭場《どば》の用心棒もしたし、強請《ゆす》り屋《や》まがいのこともすれば、矢場女《やばおんな》の情人《いろ》になって自堕落な生活を送ったこともある。やくざ同士の喧嘩の助っ人《すけと》にもなった。

普段は、何事にもやる気がなく、気怠《けだる》げな態度なので、やくざたちからは、〈あきくさ〉ならぬ〈ものぐさの旦那〉などという有り難くない渡世名《ふたつな》まで頂戴する始末であった。

どこへ行っても、女にはもてた。剣の腕は一流だし、美男子とはいいかねるが男らしい風貌の上に、鷹揚《おうよう》で包容力があるから、誘わなくても女たちの方から寄ってくる。酒は浴びるほど飲んだが、どうしても、八重の面影を忘れることは出来なかった。酔えば酔うほど、八重が慕わしくなってくる。そのどうしようもない想いが、言い寄ってくる女たちで満たされるわけもなく、深夜、林の中でひたすらに剣を振るうしかない右近であった。

その右近が、禁断の地と決めた江戸へ十二年ぶりに戻って来たのは、風の便りに、父母が病死したと聞いたからである。

まさか、江戸の土を踏んですぐに、八重と再会するとは思いもよらなかったが……。

「――わたくしは」と八重は言った。

「右近様が屋敷を出されたと聞いた時、自害《じがい》しようと思いました。お腹の中にやや、ややが
……右近様のややがいなければ、間違いなく、あの夜、懐剣で喉を突いていたと思い

ます」

「生まれた子は、男か。それとも、女だったのか」

「男の子でございました。皆、わたくしに似ていると申されますが、わたくしは、右近様にそっくりだと思います。新之介《しんのすけ》と名づけました」

「男かっ」右近は相好をくずした。

「そうか、男の子であったか。新之介……うん、良い名だ。あと三年で元服だな。俺の息子が元服……」

俎《まないた》のように四角い顔から、さっと喜びの色が消える。

「ああ……今は俺の子ではないのだったな」

右近が近藤家を追い出されてから一月もたたぬ内に、勘定奉行である水野河内守《みずのかわちのかみ》の三男の辰之進《たつのしん》が、〈正式〉に婿入りして来た——と八重は説明した。ややこしい武家のしきたりを考えれば、ほとんど電光石火の早業《はやわざ》である。

そして、辰之進が近藤甚右衛門の跡目として将軍家齊にお目見えした後、八重は乳母の家で男児を出産した。その誕生を四ケ月も遅らせて公表し、八重は辰之進の子を〈早産〉したことになったのである。

新之介が辰之進の本当の子供でないことを知っているのは、当事者を含むごく少数の者だけであった。

「夫婦仲はどうなのだ」

口にしてしまってから、右近は、何と愚かな問いだったのかと悔いた。

「右近様――」

八重は、男の手を引き寄せて、自分の頬に押しあてる。

「初めてお床入りした時のこと、覚えていらっしゃいますか」

「うん……？」

「夫婦《めおと》の契《ちぎ》りを結ぶ時には、女は目を閉じてひたすら痛みに耐えねばならない――わたくしは、母にも乳母にも、そのように教わっておりました。お婿様がどのような真似をしても、決して抗《あらが》ってはならぬ――と」

「……」

「ですが、あの時、右近様は震えているわたくしの手を握って、こう言われました――心配しなくてもいい、今宵《こよい》は、こうやって手を握ったまま休もう」

そなたも乙女なら、私も女を識らぬ者。今宵、遮二無二《しゃにむに》契りを済まそうとすれば、必ずや、そなたの軀を損なうことになろう。だから、少しずつ時間をかけて、本当の夫婦になろう――と右近は言ったのである。

破華《はか》の苦痛に怯える十六娘にとって、この申し出が、どれほど心安まるものであったか。

くちづけをかわしたのが三日後の夜、乳房に触れたのが十日目の夜であった。そして――二十六日目の夜に、右近は初めて八重を識《し》ったのである。

微塵の苦痛もない幸せな破華であった。

「あとで、その事を打ち明けた時、乳母は涙を流して感激しておりました。そのように心根の優しい殿御《とのご》は、天竺《てんじく》まで探したとしても何人もおりませぬ――と言われて。血気盛んな若い男の方にとっては、大釜で炒《い》り殺されるに等しいほど苦しいことだそうですね」

「いや、それほどでもないが……」

右近は、照れくさそうに苦笑する。

「わたくしは、あの夜以来、堅く心に決めております」

二十八歳の美しい人妻の双眸《そうぼう》は潤んでいた。

「七度《ななたび》生まれ変わっても、八重の夫は右近様しかいない――と」

「八重っ」

女が男に抱きついたのか、男が女に覆いかぶさったのか、その何《いず》れが先とも判《はん》じがたい。とにかく、二人の魂は再び、熱く深く溶け合ったのであった……。

4

西堀留川に架かる道浄橋の前で、右近は足を止めた。小網町の船宿を出てから、ずっと無言でついて来た八重も、立ち止まる。

右近の目的地である秋草家の菩提寺は、浅草の林海寺だ。近藤家の屋敷は、神保町にある。だから、ここから北と西へ別れなければならない。

しばし見つめ合ってから、右近は、

「では――」

静かに一礼した。少し遅れて、八重も黙って頭を下げる。それから、目を伏せたまま、神保町の方へ歩き出した。

人ごみの中を去ってゆく、八重の背中を見送りながら、

（もう、二度と会うまい……）

そう考えている右近であった。

武士の世界でも庶民の間でも、不義密通はご法度である。はなはだ不公平な決まりであるが――夫の方は、その経済力の許す限り何人でも妾《めかけ》をかかえて良いが、妻が浮気をした場合には、間男《まおとこ》ともども殺されても文句はいえないのだ。

そんな危険な逢いびきを続けることは、八重のためにならない。だからといって、新之介という子供がいる以上、八重は駈け落ちもできないのだ。

新之介は、現在の八重の夫である辰之進を本当の父親と信じているという。大人の側の都合で、今になって真実を伝え、十二歳の少年を苦しめてどうなるのか。

（お互いに、今日の一時《ひととき》を生涯の思い出にして、別の道を生きてゆくしかないのだ）

八重も、そう思ったからこそ、次回の約束も何も口にせずに、黙って去って行ったのだろう。

（我らを哀れんだ神か仏が、ただ一度だけ機会を与えて下さったのだろうよ……）

溜息をついた右近が、編笠をかぶろうとした時、

「わっ」

新材木町の方から走って来た若い町人が、右近の胸に突き当たった。

普通ならば、二、三歩、よろけてしまうところだが、巌《いわお》のような体格で腰の座った右近であるから、微動だにしない。

かえって、ぶつかった若者の方が、弾き返されて地面に転がってしまう。

常《つね》の右近ならば、ぶつかる前に簡単にかわしていたのだが、やはり、八重のことが心に蟠《わだかま》っていたせいであろう。

「ご、ご無礼いたしやした、どうも」

　あわてて立ち上がった若者が、小腰をかがめて行き過ぎようとしたのを、右近が、素早く右手首をつかんだ。そのまま、関節の逆を極《き》めて、背中側にねじり上げる。

「いててて……何をしやがる、このド三一《サンピン》っ！」

「勘違いするな」右近は苦笑して、

「俺は、三両一人扶持《いちにんぶち》どころか、米一粒鐚銭《びたせん》一文《もん》貰うあてのない天下御免の浪人者だ」

「放せっ、折れちまうじゃねえかっ」

　痩せた二十代前半の若者は、凶暴な表情で喚き、もがくが、どうにも逃げられない。

「いかにも放してやろう。こんな物を俺の懐に放りこんだ理由を、話せばな」

　右近は片手で、懐から美しい印伝革《いんでんがわ》の巾着《きんちゃく》を取り出した。

　そこへ、小太りの中年男が駆けて来た。彼の後ろから、二十歳くらいの女が喘ぎながら、小走りに近づいて来る。

「お武家様、捕まえていただいて、有り難うございます。その野郎は、賽五《さいご》の甚六《じんろく》っていう掏摸《すり》なんですよっ」

　中年男は、鉄十手《てつじって》を見せて、

「あっしは、お上《かみ》から十手御用の手札《てふだ》をいただいている三味線堀《しゃみせんぼり》の玄造《げんぞう》と申しやす。その巾着は、あの姐《ねえ》さんの懐から掏《す》られた物なんでさあ」

「なるほど、そういうことか」

掏摸は現行犯でなければ、捕縛できない。だから、岡っ引に追われた掏摸が、得物《えもの》の財布や巾着を通りすがりの人間の懐に預けるというのは、よくある手だ。追って来た岡っ引に潔白を証明した後で、預けた相手から悠々と獲物を掏り直すという仕組みである。

右近が甚六という若者を渡すと、玄造は、手際よく後ろ手に縛り上げた。そして、巾着の中身を確かめて、念のために女に所持金の額を尋ねる。

「はい……一朱銀が一枚と一文銭が八枚です。それと、おみくじが一枚」

浅黒い肌をしているが、目は切れ長で、なかなか整った顔立ちの女であった。化粧は薄く、着物も地味なものだ。

「うむ、間違いねえ」

お蝶《ちょう》と名乗った女は巾着を返して貰うと、くどいほど右近と玄造に礼を言う。すると、甚六は鼻で笑って、

「三味線堀の親分も、やきがまわったなあ。俺が預け入れしたのが、その巾着一つだと思ってるんだから」

「何だと、この野郎っ」

怒鳴りつけようとした玄造だが、ふと、右近の胸元へ目をやって、

「失礼ですが、お武家様。財布をお持ちでございますね」

「勿論。これだ」

　右近は拘《こだわ》りなく、自分の財布を出して見せた。実は、この女が被害に遭う直前にも、初老の商人《あきんど》が何者かに財布を掏られている——と玄造は言う。

「畏《おそ》れ入《い》りますが……その財布、間違いなく、お武家様のものでございますね」

「証《あか》しを立てねば、親分も得心《とくしん》がいくまい」

　右近が財布を渡すと、玄造は、その中身を確かめた。

「小判が七、八枚。一分金が二、三枚。後は細かいのが十数枚というところだろう」

「へい、確かに……出鱈目《でたらめ》ぬかしやがって、こいつっ」

　頭を下げた玄造は、いきなり、甚六を張り倒した。甚六が自分の足元に倒れて来たので、お蝶は、「ひっ」と悲鳴をあげて、右近の袖にすがりつく。

「どうも、重ね重ねのご無礼をお許し下さいまし。では、これはお返しいたします」

　玄造は、丁寧に財布を差し出した。

　が、右近は、満腹した獅子のように、悠然として凄みのある微笑を浮かべて、

「おい。返すのなら、全額返して貰おうか」

「えっ？」

　顔色を変えた玄造の腕を、右近の手刀が、ばしっと打った。地面に落ちた財布から散らばったのは、何と、小判ならぬ薄い鉛板である。

右近は、玄造の懐から鉄十手を素早く抜き取ると、首筋を打ち据えた。呻き声をあげて、玄造は、へなへなと座りこんだ。その袂から、ざらざらと黄金色をした本物の小判が滑り落ちる。

「てめえっ」

後ろ手に縛られたはずの甚六が、捕縄《とりなわ》を剝《は》ぎとって、懐の匕首《あいくち》を抜いた。そいつを腰だめにして、右近に突きかかる。

「甘いっ！」

難なくその突きをかわした右近は、甚六の頭の天辺《てっぺん》に十手の柄頭《つかがしら》を垂直に叩きつける。「ぎゃっ」と踏み潰された蛙のような声をあげて、平べったく突っ伏した。

「畜生っ」

血相を変えたお蝶が、牝狼《めろう》のように両眼を光らせて、剃刀《かみそり》を構えた。が、右近は無造作に踏みこむと、鉄十手の先をひょいと回して、剃刀を空中に跳ね上げる。

「あっ」

手妻遣《てづまつか》いのような鮮やかな手並に、女が呆然としていると、右近は左手で剃刀を受け止めて、それを一閃《いっせん》させた。

ややあって、お蝶の着物の胸元がぱっくりと口を開いて、片方の乳房が顔をのぞかせた。

「きゃっ」

さすがの女掏摸も、大勢の通行人がいる往来の真ん中だから、両腕で胸元をかかえこんで、その場に蹲《うずくま》ってしまう。

「近ごろの江戸の掏摸は、なかなか手のこんだことをするのだな」

右近は、ゆっくりと本物の小判を拾い集めると、自分の財布にそれを収めて、

「甚六とかいう若い者が張り倒されたのに、こちらが注意を逸《そ》らせた瞬間、財布の小判を掏り替えた早業《はやわざ》は見事だ。体面を重んじる武士ならば、商人と違って、財布を返された時に中身を確かめるような真似はしない。そこが付け目だったか」

「くそォ……」

お蝶は視線で殺そうとするかのように、ぎらぎらと睨みつける。

「残念ながら、俺は、お前たち以上の擦《す》れっ枯《か》らしでな。善光寺の境内で、これと似た手を見たことがある」

右近は、偽の鉄十手と剃刀を西堀留川へ放りこむと、

「お蝶とやら。あまり細かく所持金を覚えていると、かえって嘘くさいぞ――」

彼らに背を向けて、歩きだした。

「覚えてやがれっ、この竜巻お蝶が、きっと仕返ししてやるからねっ！」

男の畳のように広い背中に罵声を浴びせると、きっと周囲を睨みつけて、

「いつまで見物してやがるんだ、この暇人ども！　貧乏人は、さっさと目腐《めくさ》れ金《がね》を稼ぎに行きやがれっ‼」

凄まじい啖呵《たんか》を切るお蝶であった。

「浪人野郎め……必ず、必ず、痛い目に遭わせてやるっ」

5

「失礼だが……右近様ではありませんかな」

秋草家の墓の前で手を合わせていた右近に声をかけたのは、山羊のように白い顎髭《あごひげ》を垂らした老僧であった。

「これは、俊寛《しゅんかん》様。ご無沙汰いたしております」

右近は立ち上がって、一礼した。老僧は、林海寺の住職・俊寛だったのである。

近藤家に右近が仮の婿入りをした時で、すでに六十過ぎだったから、今は七十代半ばであろう。

「ご健勝で何より……十数年ぶりなので、もしやと思いましたが、こんな立派な体格のお侍は、そうざらにはいないと思いましてな」

「ご覧の通り、お羞《はず》かしいことに、侍ではなく浪人です。江戸へ戻ったのも、今日のことで」

「すると、ご両親の墓参りのために戻られたか」

「はあ」右近は面映《おもは》ゆい表情になって、

「我儘勝手に江戸から姿を消して、便りの一通も出さずに十余年、今さら墓参りも何もありませんが」

「いやいや、ご両親も、さぞかし喜んでいらっしゃることでしょう」

俊寛も、墓石に向かって手を合わせてから、

「昨年は、江戸で悪い風邪が流行《はや》りました。最初に秋草様が亡くなり、その後を追うようにして、三日後に奥様が……お気の毒なことでした」

「何の、冥土《めいど》へも夫婦旅なら寂しくはありますまい。生前は、湯治《とうじ》もかなわぬ貧乏暮らし。初めての水入らずの旅を、夫婦ともども喜んでおるかも知れませんぞ」

深刻な空気になるのを嫌うように、右近が冗談めかして言う。

老僧は、そんな右近の顔をじっと見て、

「亡くなる二ケ月ほど前に、法要がありましてな。その時、秋草様がおっしゃっておられました。近ごろ、右近の夢ばかり見る――と」

「………」

「あんな縁組を押しつけたことを、今になって後悔している。あいつには剣の道があ

ったのだから、無理に婿入りさせることはなかった、家のためとはいえ可哀相なことをした——しきりに、そうおっしゃってな」

「父が、そんなことを……」

今まで、父母の愛情薄く育ったと思っていた右近は、胸をつかれたようであった。

「私は不肖《ふしょう》の倅《せがれ》です」

「いやいや。旅の空でご苦労を重ねた割には、無用の垢《あか》がついてはおられぬ。それどころか、かえって肚《はら》が出来たように思われるが……」

「それは、俊寛様の買い被《かかぶ》りでございます。では、また——」

ほとんど逃げるようにして、右近は林海寺の門を出た。門前の大きな万年榎《えのき》の前で深呼吸すると、

「おい、付きあえ」

いきなり、そう言った。

と、榎の蔭から、ゆっくりと男が姿を現わす。年の頃なら四十二、三。人の良さそうな丸顔だが、目に強い力があって、ただの町人とは思えない。

右近が抜き打ちを仕掛けて来た時のために、爪先で慎重に地面をまさぐっている。

「どうにも、酒でも飲まねばやりきれん。一緒に来い」

返事も聞かずに、すたすたと歩き出した。男の方は少し迷っていたが、結局、右近

の後を追う。

夕暮の中、駒形町の〈出雲《いずも》〉という居酒屋に、二人は入った。右近は、卓の向かい側に腰を下ろした男の名前も素性も聞かずに、筍の土佐煮や炒り豆腐を肴《さかな》に酒を飲み始めた。

店は広い方で、職人の客が多く、皆が大声で陽気に話をしている。その中で、この二人だけは無言であった。

ひたすら飲み続ける右近を前にして、ついに、男の方が根負けした様子で、

「あの、旦那……」

「勘定なら心配いらん。お前も飲め」

男の顔を見ようともせずに、右近は言う。

「そうじゃありません。旦那は、いつから、あっしが尾行《つけ》てるのに気づかれたんで」

「道浄橋の前からだ」

「なんだ。だったら、最初《はな》っからわかってたんですか。旦那も人が悪い」

「俺は、岡っ引に見張られる覚えはないがな」

「へい。お察しの通り、あっしは十手持ちの左平次《さへいじ》と申します。いえ、あの玄造のような騙《かた》りじゃございません、本物の御用聞《ごようき》きで」

ようやく、右近は顔を上げて、男の顔を見やった。

「うむ、そうらしい」

「へ……どうも」

左平次は額の汗を拭った。

「申し訳ないことですが、実は旦那も、竜巻お蝶の仲間かと思いました。それで、後を尾行た次第《しだい》で」

「おいおい、俺は金を盗られそうになった方だぞ」

「近ごろは、奴ら〈芝居屋〉の筋立ても複雑になりまして。旦那も含めて全員の派手な狂言で見物人の注意を引いておき、その隙に、仲間が懐中物《かいちゅうもの》を掏り盗るって手口もございます」

「なるほど。そこまでは、俺も考えつかなかった。江戸も変わったな……」

「秋草様は、江戸は十二年ぶりだそうで」

酌をしながら、左平次が訊く。

「うむ。馬鹿馬鹿しい理由で、そうなった。関八州を流れ歩いたが、江戸まで手配書が廻るような悪事は働いておらんから、安心して飲め」

「これはどうも……へい、いただきます」

「お前も、嫌いな方ではなさそうだな。よし、もう一杯」

「秋草様ほど強くはありませんが……畏《おそ》れ入ります」

「秋草様などと呼ばれると、何だか、臍《へそ》のあたりがこそばゆくなってくるぞ」

右近は、漬物石代《が》わりになりそうな顎を、つるりと撫でて、

「やくざどもは、俺のことを、ものぐさの旦那と呼んでいたがな」

「秋草じゃなくて、ものぐさ――ですか」

「俺は面倒なことが大嫌いでな。可愛い女がそばにいて、旨《うま》い酒が飲めれば、それでいい」

「そりゃあ……世間の大抵の男はそうですよ」

左平次は呆れたように言う。それから、少し態度を改めて、

「秋草の旦那は、人を斬ったことはおありですか」

「――うむ」

右近は、むっつりした顔になった。

「お武家様が人を斬った時の気持ちというのは、どういうものですか。あっしも、強盗だの痴情の果ての人殺しなら何件も扱っていますが……お武家同士の剣の勝負ってのは、また別のものでしょうね」

ややあって――右近は口を開いた。

「親分は、女を買ったことがあるかね」

「そりゃもう、こんな稼業はしていても、あっしも生身《なまみ》の男ですから」

「中には横着な女もいて、ごろりと横になったきり、うんともすんとも言わずに、こっちが果てるのを待っている。それでも、男というのは仕方のないもので、つい、最後まで行ってしまうよな」

「ええ。そんな具合で終わった後の味気なさ、惨《みじ》めさときたら……二度と女は抱くまいと思っちまいますね」

「同じさ。それの百倍の、そのまた百倍くらい厭《いや》な気持ちだ」

右近は、杯の酒を喉の奥に放りこんだ。

「人の命を奪うのに、武家も町人も違いがあるものか」

「へい……」

それ以上の質問を拒絶するような威圧感を、左平次は感じた。いい年をして、何て間抜けな問いをしたのだろう——と丸顔の岡っ引は悔《く》やんだ。

「ところで、旦那。これから、どちらへ」

「ん?」

初めてその事に気づいたように、右近は、目をしばたたかせる。

「そうだな。両親の墓参りは済んだし、差当《さしあた》り、行くべき所もなし……そういえば、外も暗くなってきたな」

兄の又一郎が跡を継いだ実家には、顔を出すつもりはない。埴生道場へ挨拶に行きたいが、すでに酒が入っている以上、明日にすべきだろう。

「とりあえず、今夜は馬喰町《ばくろちょう》の宿屋へでも泊まるか」

「明日は江戸を離れますか」

「いや……しばらくは、江戸にいるつもりだが」

「でしたら、あっしに任せて下さい」

左平次は身を乗り出した。

6

「む……」

右近は足を止めた。

神田川を左手に見ながら歩いていた彼の前に、土堤《どて》の下から駆け上がって来た二人の浪人が、立ちふさがったのである。

場所は昌平橋の先で、周囲に人影はない。

二人とも三十前で、着ているものも垢じみてはいないが、荒《すさ》んだその面構《つらがま》えを見れば、無法な暮らしをして来た奴らだとわかる。

「人違いするな。俺は本日、江戸へ着いたばかりの秋草右近という者。お主らに意趣《いしゅ》た。


「遺恨《いこん》を受ける覚えはないぞ」

　酔いに頬を火照らせてはいるが、しっかりした眼光で相手を見据えて、右近は言った。

　先刻《せんこく》――岡っ引の左平次は、「江戸にいるのなら、いっそのこと、家を借りちまいなさいな」と右近に勧めた。彼の近所に住んでいる大家が、小さい家の借家人を探しているのだという。

「あっしは何だか、旦那が気に入っちまってね。家賃は思いっきり安くさせますから、ぜひ、そうなさいまし」

「たしかに宿屋に長逗留するよりは、借家の方が気兼ねしなくてよいが……」

「よし、決まりだっ」

　左平次は、えらく張り切って、

「じゃあ、ひとっ走り行って、大家と話をつけてきます。ついでに、ざっと掃除をして、夜具や何かも揃えておきますから、旦那はここで、もう一刻ほど飲んでいて、それから、ぶらぶら御出《おいで》になって下さい」

　立ち上がった左平次に、右近が、

「待て、親分。その家はどこにあるのだ」

「あっ、そうか」

丸顔の岡っ引は苦笑して、

「嬬恋《つまごい》町です。嬬恋稲荷と差し向かいになってる家だから、すぐにわかります」

そう言うと、律儀に自分の飲み代を払ってから、店を飛び出して行った。

「こともあろうに、嬬恋町とは……」

右近は杯を手にしたまま、情けない顔になった。今の自分に最もふさわしい町名ではあるのだが……。

それから独酌で、ゆっくりと一刻ほど飲んでから、居酒屋を出たのである。そして、左平次に時間を与えるために、わざと遠まわりして、神田川沿いに聖堂の方へ歩いていたのだった。

「意趣も遺恨もないが、貴公《きこう》には死んでもらわねばならぬ」

右側の背の高い方が、大刀を抜き放ちながら言う。左側の鼻の赤い方も抜刀して、

「これが、我らの生業《なりわい》でな」

「ほほう。お主らは、人斬り屋か」

右近の顔が厳しくなった。

どうやら、居酒屋を出た時から遠目に見張られていたらしい。そして、人けのない場所に先まわりしていたというわけだ。

「すると、今までにも罪のない者を手にかけて来たのだな」

「今の世では、仕官もかなわぬ。腰の物で生きるには、この稼業しかないのだ。同じ浪人同士、貴公にもわかるだろう」

「いや……」

右近は凄みのある嗤《わら》いを浮かべる。

「人道を踏み外して獣物《けだもの》に成り下がったお主らと一緒にされては、はなはだ迷惑だ」

「何っ」

満面に朱《しゅ》を刷《は》いた二人の浪人は、怒りにまかせて大刀を振りかぶった。が、その時には、右近の軀は弓から放たれた矢のような速さで、二人に迫っていた。

「わっ」

「げぇっ」

右近が抜刀するのを見る暇もなく、二人は右肩に衝撃を受けて、大刀を放り出す。一撃で肩骨を砕かれた二人の浪人者は、左手で脇差を抜く気迫もなく、その場に跪《ひざまず》いて悲鳴を上げた。

「おい」

右近は、背の高い方の首筋に刃《は》のない肉厚の大刀を押し当てて、

「誰に頼まれた」

「お蝶……掏摸のお蝶という女だ……前金五両、後金十両で……」

脂汗を流しながら、浪人は言う。

「あいつか」右近は眉をひそめた。

「で、後金はどこで受け取る？」

7

倒れた女の裾前が開いて、内腿《うちもも》まで剥き出しになった。

「何をしやがる、こんちきしょうっ！」

お蝶は、自分の襟元を押し広げようとする浪人に、必死で抵抗する。が、その井坂《いさか》主水《もんど》は、余裕たっぷりに女掏摸を嬲《なぶ》りながら、

「浪人一人を始末するのに、十五両では安すぎる。だから、足りない分は、お前の軀で払って貰おうと思ってな」

眉のひどく薄い酷薄な顔をした主水であった。

「そんな勝手な……くそっ」

「安心しろ。その浪人は、稲葉《いなば》と桂《かつら》が必ず始末する。お前は、俺を楽しませればよいのだ。は、ははは」

そこは、淡路坂に面した空き屋敷で、庭から差しこむ月光の中で、二人はもつれ合

っていた。

「あっ」

ついに、男の指がお蝶の秘められた部分に到達した——その時、主水は、ぱっと飛び起きた。

荒廃した庭に、異様に肩幅の広い影法師《かげぼうし》が立っている。

「何奴《なにやつ》っ」

「お主の仲間二人を退治した男だ。名は、秋草右近」

「貴様っ！」

主水が大刀を抜き放とうとした刹那《せつな》、飛びこんで来た右近の軀が、彼に肉迫していた。

「お……⁉」

薄眉の下の目が、大きく見開かれる。

三分の一ほど抜いた大刀が、どうしたことか、それ以上動かない。見ると、右近が、自分も三分の一ほど抜いた大刀を、主水の刀に押しつけていたのだった。

斜め十字に嚙み合った互いの大刀は、どちらも動かせない。

「斬り合うのは、つまらんぞ。斬られたら痛いからな」

歯を喰いしばっている主水に、右近は、のんびりとした口調で言う。

「どうだ、刀を捨てぬか。人斬り屋を辞めると約束してくれれば、この場は丸く納まるのだがな」

「この戯《たわ》けっ」

主水が一喝した瞬間、甲高い音がして、彼の大刀が鍔元《つばもと》から折れた。右近の怪力に競《せ》り負けたのだ。

「ちっ」

大刀の柄を捨てて背後に跳びながら、脇差を抜いた主水の右肩に、右近の刀が振り下ろされる。

「うわっ」

脇差を放り出して、主水は庭へ転げ落ちた。だらりと下がった右腕をかばいながら、這這《ほうほう》の体《てい》で逃げ去る。

本当は、斬った方が後難は少ないのだ。

利腕《ききうで》を使えなくしたものの、執念があれば左手で修業を積んで、復讐しに来るだろう。金さえ用意できれば、自分と同じ人斬り屋を雇うこともできる。

それが何時《いつ》になるのか、右近が生きている限り、その不安は続く。だが、それでも、相手の命を奪う後味の悪さに比べれば、ましだ――そう考えている秋草右近であった。

「やれやれ……大丈夫か、お蝶」

納刀した右近は、女の方へ振り向いた。と、その胸元にお蝶が飛びついて来る。

「惚《ほ》れちゃった、惚れたよ、旦那っ」

「おいおい、何を言っておる」

「あんまり憎たらしいから、人斬り屋を頼んだのに……憎たらし過ぎて、好きになっちまった」

右近の猪首《いくび》にかじりつき、狂おしい恋情の炎を目に宿して、お蝶は言った。激情家だけあって、感情の振幅が陰から陽まで瞬時に変わるらしい。

「馬鹿なことを言っていないで、着物を直せ。剝き出しの胸乳《むなぢ》を押しつけられては、こっちがたまらぬ」

「たまらなかったら……してっ」

お蝶は叫んだ。

「それはいかん。待て……おい、待てと言うのに！」

8

「遅いなあ、旦那は。何をしてるんだろう」
嬬恋町の借家の前――提灯まで持って、左平次は、右近を待っていた。

「近所のおかみさん連中に頼んで、大急ぎで掃除させたのに。本当に、ものぐさな旦那だな」

入居祝いの角樽《つのだる》まで用意している左平次は、近づいて来る人影に気づいて、

「おっ、ご到着だな……あれ？」

急に、怪訝《けげん》な顔つきになった。

見間違いようのない体格の右近の腕に、女が、かじりついていたからである。その女が、女掏摸の竜巻お蝶と知って、左平次は、さらに驚いた。

「どういうことです、旦那っ」

「いや、それがなあ……」

照れ隠しに小鬢《こびん》を掻きつつ、右近が説明しようとすると、

「あーら、相生町《あいおいちょう》の親分。あたしたちのお祝いに、角樽まで持って来てくれたのね。あ・り・が・と」

妙にはしゃいだ節回しで、お蝶が言う。

「お……お祝い……？」

「そうよ。あたしは、秋草の旦那に操《みさお》を捧げて、女になったの。そのお祝い」

「女になったって……お蝶、お前、生娘《きむすめ》だったのか」

今年で十九になるの掏摸の姐御《あねご》が男知らずだったなんて、鯨が空を飛ぶような信じ

がたい話だ。

お蝶は角樽を引ったくると、

「じゃあ、親分。お休みなさい」

困り果てた顔の右近を引きずるようにして、さっさと家の中へ入る。

四間に台所、それに、狭いが風呂付きの家であった。

「旦那。お風呂、沸かす？　それとも、夜具を敷きましょうか」

にこにこしながら言うお蝶を見て、右近は、どっかりと座敷に胡坐《あぐら》をかいた。

「とりあえず、飲もう」

「はい、はい」

お蝶が台所から持って来た茶碗に、右近は角樽の清酒を注《つ》ぐ。その茶碗に、庭の方から、ひらひらと飛んで来た花びらが落ちた。

見ると、隣の庭に立派な桜の木があり、それが満開になっているのだ。

「春……江戸の春か」

秋草右近は、胸の中が熱いもので満たされるのを感じる。

「早く、あたしにも注いでっ」

そんな男の心も知らずに、お蝶が陽気な声で言うのであった。

第二話　鞘《さや》の中

1

庭の木に、可憐な黄色の花が咲いている。

山吹の花だ。

春の陽だまりの中、その花のまわりを、ひらひらと白い蝶が舞っていた。

秋草右近は、縁側に肘枕で横になって、その蝶を眺めている。

肩幅と胸の厚みが同じくらいあるという筋骨逞しい軀《からだ》つきの右近だから、そうやって寝そべっていると、まるで箪笥《たんす》が地震で倒れたようだ。

眉目鼻口と顔の道具立ての全てが大きく、男性的な風貌である。

「あら……また庭を眺めてる。飽きないのねえ、旦那は」

鏡台の前で髪を直していたお蝶が、気怠《けだる》げな口調で言う。その声には、快い疲労と温かい満足感がにじんでいた。

「うむ。蝶を見ている」

「やだ、人間の蝶じゃなくて、虫の蝶なの」

「人間の蝶の舞い姿は、たっぷりと拝見したのでなあ。表も裏も」

「まあ」

お蝶は立ち上がって右近のところへ行くと、その丸太みたいに太い腕を、きゅっと抓《つね》る。

「痛いぞ、おい」

右近は大袈裟に眉をしかめた。

「変なこと言わないでよ。顔に火がついちまうじゃないか」

耳たぶまで真っ赤になりながら、お蝶は、男の分厚い肩に頬を埋めて、

「本当に厭《いや》な人……いやらしい本に書いてある身も世もない痴態なんて、みんな嘘っぱちだと思ってたのにィ……」

また何か思い出したのか、お蝶は相手の着物に顔を伏せて、熱い息をはいた。

その小娘のような態度を見ていると、これが〈竜巻お蝶〉の渡世名《ふたつな》で江戸でも有名な掏摸《すり》の達人とは、とても思えない。

嬬恋稲荷の差し向かいにあるこの右近の家に、お蝶は三日に上げず通ってくるのだ。

「ねえ……」

右近の陽焼けした大きな耳に、お蝶は唇を近づけて囁《ささや》くように、

「教えて。他の女も……あんな格好をするのかい」

「まあな」

「それじゃあ……他の女も、あんな声を出すのかい」

「そうだな」

「ふうん」

お蝶は、つんと反《そ》りかえった鼻先で、男の耳の輪郭をなぞるようにしながら、

「男と女のあれって、本当におかしなものなんだねえ」

右近が初めての男である十九歳の美人掏摸は、不思議そうに呟く。

「あんな格好……惚れた男にしか見せられないけど、惚れた男に見られているかと思うと、よけいに羞《はず》かしいよ」

「それはお互い様さ。男だって、あんまり見っともいい姿じゃないからな」

「ねえ、旦那……」

漬物石代わりになりそうな右近の顎に、お蝶はくちづけをして、熱くなってきた下腹を男の背中に押しつける。

「おいおい。さっき、済んだばかりじゃないか」

「行司に物言いがついたんですよ。先の一番は取り直し、取り直し」

蜜をからめたように甘ったるい声だ。

「何だ、決まり手に問題でもあったかな」

右近の方も、万更《まんざら》ではない雰囲気になって、お蝶の腰に手を伸ばした時、「えへん、えへんっ」と玄関の方で大きな咳払い。

「ええい、気のきかない頓《とん》ちきめっ」

柳眉を逆立てたお蝶が、襟元や裾を直しながら、きっと玄関の方を睨みつけると、

「旦那、おいでですか」

上がって来たのは、御用聞きの左平次であった。

「お蝶さんよ。野暮な頓ちきで済まねえなあ」

「まあ、親分。意地の悪い……おほほほ」

照れ隠しに笑いながら、お蝶は台所へ行った。右近は大儀そうに起き上がって、縁側に胡坐《あぐら》をかくと、煙草盆を引き寄せて左平次に勧める。

「こいつは、どうも」

一服つけた左平次は、右近の視線の方向へ目をやって、

「真っ昼間から蝶々見物ですか。さすが、ものぐさの旦那だ」

「一昨日《おととい》も、あれと似た蝶が来ていてな」

ぼそっと右近が言う。

「その時は二羽で、仲睦《なかむつ》まじく夫婦蝶のように見えた。ところが、今日は一羽だけ」

「……」

「なあ、左平次。あの淋しそうな一羽は、亭主だと思うか、それとも女房かな」

「はあ……」

右近の心中がわかるだけに、軽々しく返事のできない左平次であった。

ひょんなことから右近と知り合いになった左平次は、彼の過去を聞かされている。

十二年前――秋草右近は江戸を出て、素浪人となり、関八州を流れ歩いた。

その理由は、ひどいものだった。

役高三十俵の貧乏御家人の次男の右近が、七百石の旗本・近藤家に仮の婿養子に入ったのだが、妻の八重が目出度《めでた》く懐妊した途端に、屋敷を追い出されてしまったのである。

相思相愛の妻とは、まさに生木を裂くようにして無理矢理に別れさせられた。種付け馬同然に仮の婿に迎えられたものの、いざ、一人娘が妊娠すると、近藤夫婦は、やはり家格に見合った婿が欲しくなったのである。

八重と同じ空の下にいては、いつ、自分が暴発するか、わからない。八重が正式に祝言をあげる時に、その場に斬りこんでしまうかも知れない。そうなれば、八重も生きてはいまい……。

だから右近は、身分も親兄弟も江戸も捨てて、一介の浪人となったのであった。

流浪の果てに両親の訃報《ふほう》を聞いた右近は、半月ほど前、ようやく江戸へ戻って来た。そして、その日に、八重と再会してしまったのである。

八重から、無事に生まれた男児は、新之介と名付けられたことを聞いた。その新之介は、彼女の二度目の夫である辰之進を、本当の父親だと信じていることも……。

（独りぼっちになった蝶を見て、旦那は身につまされたんだな）

左平次は、この立派な体格の浪人者に同情した。

もっとも、右近が左平次に語らなかったことがある。十二年前と変わらぬ、いや、それ以上に美しくなった八重と、江戸へ戻ったばかりの右近は、激情のおもむくままに契りを交わしてしまったのだ。

無論、八重の家庭を破壊する気のない右近は、心の奥の恋情を抑えつけて、それから一度も彼女とは逢っていない。

「おっと、旦那。大切な用事を忘れるところでした」

左平次は、懐から服紗《ふくさ》の包みを取り出して、右近の前に置いた。

「伊勢屋の旦那から、お預かりして来ました。先日のお礼だそうで」

服紗を開くと、小判の包みが二つ――五十両である。

「礼なら、あの時、三両貰ったじゃないか。あれで十分さ」

右近が押し返そうとすると、茶を運んで来たお蝶が、

「あらっ、まあまあ」

さっと引き寄せてしまう。

「お礼って、伊勢屋に因縁をつけた相撲取りくずれか何かを、旦那がやっつけちゃったんでしょう」

「そうとも、お蝶姐御《あねご》にも見せたかったよ。雲突くような大男を、えいやっ、と投げ飛ばしちまったんだぜ」

「さすが、あたしの旦那だわ」

うっとりとした口調で呟くお蝶であったが、うっとりしたのは、右近の豪傑譚《ごうけつたん》のためか、はたまた五十両の小判の重みのためか、それは判断しがたい。

「親分」右近は茶で唇を湿して、

「あれは、ただの酔っ払いの因縁つけじゃなくて、訳《わけ》ありかね」

「へい。ご賢察、畏《おそ》れいりやす」

丸顔の岡っ引は、芝居っ気たっぷりに頭を下げる。

その天山雷太《てんざんらいた》という相撲取りくずれは、深川のごろつきだが、ある日、親戚の家から帰宅途中の伊勢屋の末娘を襲って、これを手籠《てごめ》にしようとしたのだという。幸い、娘は毒牙を逃れたのだが、図々しくも、雷太はそれを種にして、伊勢屋に強請《ゆす》りをかけたのだ。

悪党の決まり文句だが、金を出さなければ、伊勢屋の娘を妊《はら》ませたと触れ歩く――と言ったのだ。

困り果てた伊勢屋宗兵衛は、出入りの岡っ引である左平次の勧めで、右近を呼んだというわけだ。

「まあ、あの時は、伊勢屋の旦那に堅く口止めされてたもんですから。すいません」

「もう、いい。そうか。すると、これは、口止め料含みの詫び金というわけだな」

「へい。天山の野郎は、腰の蝶番《ちょうつがい》が外れるくらい地べたに叩きつけられて、あれから一度も顔を見せないそうですから」

「そんな悪い奴と知っていれば、もう少し念入りに痛めつけておくんだったが……まあ、いい。有り難く貰っておこう」

「そうしていただけると、あっしも助かります」

左平次は、もう一度頭を下げてから、

「どうです。天気もいいことですし、船遊びってのは」

「素敵っ」

まだ、小判の包みを、しっかりと胸に抱き締めたまま、お蝶は賛同する。

「それもよいが……折角、予定外の大金が入ったのだから」

右近は、脇差を鞘ごと帯から抜き取って、

「左平次親分。こいつの研《と》ぎを頼める者を、知らんかね」

2

小石川という地名の由来は、一説には「小石の多き細流数条ながれしゆえに……」といわれている。

その小石川に、祇園橋という橋が架かっている。網干坂の下、氷川明神社から七、八間《けん》ほど手前の場所だ。

川の両側は田圃《たんぼ》になっている。

気楽な着流し姿の秋草右近は、小石川薬草園の南側を、のんびりと歩いていた。甚《じん》兵衛《べえ》という腕のいい研師《とぎし》が大塚に住んでいると、左平次から教えられたのである。

その右近が、高井石見守の下屋敷の脇へさしかかった時である。

祇園橋のところにいた武家の少年が、橋の袂で袴の裾を巻き上げているのを見た。

橋の上には、釣り竿を持った十歳くらいの子供と、それよりも小さな子供がいて、心配そうに少年の方を見ている。二人とも、風体からして、このあたりの百姓の子らしい。

わずかに眉をひそめた右近は、足早に祇園橋に近づくと、

「やめた方がよろしいですぞ」

少年の背中に、そう声をかけた。

驚いて、少年は振り向いた。十一、二歳だろうか。色白で線が細く、目鼻立ちの整った顔である。利発そうな瞳をしていた。

右近は、どこかで見たような貌《かお》だと思いながら、

「膝よりも深い流れに入ると、大人でさえ足をとられる。まして、この川は、昨日の雨で増水して、私の腰まではありそうだ。危ないことはなさらぬのが、一番」

「ですが……」

少年は途方にくれたような表情になって、川の方を見た。

川面に流されて来た倒木の根のようなものが突き出していて、そこに手車《てぐるま》が一個、引っ掛かっていた。手車とは、現代でいうところのヨーヨーである。

どうやら、橋の上の小さい子供が誤って手車を川に落としてしまい、それを少年が取ってやろうとしたようだ。

「お任せなさい」

右近は微笑して、釣り竿を持った子供に近づく。〈ぬりかべ〉のように大柄な浪人者を前にして怯えている子供に、やさしい声で、

「ちょっと貸しておくれ」

釣り竿を手にすると、均衡《バランス》を確認するように、二、三度振ってみる。

「あっ」

小さい方の子供が、声を上げた。木の根に引っ掛かっていた手車が、流れ出したのである。

それと見るや、右近の腕が、素早く振られた。糸の先の釣り針が、鉄色の獰猛《どうもう》な虫のように閃《ひらめ》いて、手車に嚙みつく
振った腕を戻すと、宙を飛んだ手車は、飼い慣らされた文鳥のように小さな子供の掌《てのひら》に落ちた。

ほんの一呼吸のことである。

右近は、釣り竿を大きい方の子供に返してやると、

「父か母に買ってもらったのだろう。今度は、落とさぬように遊べよ」

小さい子供は嬉しそうに、こくんと頷いた。そして、二人の子供は、右近と少年に頭を下げてから、元気に駆け出してゆく。

何となくほのぼのとした気持ちで、その後ろ姿を見送りながら、右近は、

「顔見知りの子らですかな」

「いいえ」

前髪を揺らして、少年は首を振った。

「偶然、通りかかったものですから」

「ほう……」

右近は少し、驚いた。見れば、それなりの禄高《ろくだか》の旗本の子らしいが、見も知らぬ百姓の子供のために川へ入ろうとするとは、ずいぶんとやさしい心根である。

「拙者は、秋草右近という浪人者です。お見知りおきください」

少年は頬を赤らめて、

「ご挨拶が遅れました。わたくしは、納戸頭近藤辰之進の子、新之介と申します。こちらこそ、よろしくお願いいたします」

丁寧に下げられた頭の、きれいな中剃《なかぞ》りを見下ろしながら、秋草右近は愕然としていた。

近藤新之介――別れた妻・八重が、十一年前に産んだ男児。つまり、この少年は、右近の実の息子なのである。

3

「いただきます」

氷川明神の門前の茶店、その縁台に座った新之介は、右近が注文してやった草餅を美味《おい》しそうに食べ始めた。

並んで腰かけた右近は、上品に動く十二歳の小さな顎を見つめながら、感無量であった。

己《おの》れの血を分けた者が、まだ小さいながら、こうして食べて話して歩いて生きている——何とも不思議な気分だ。

関八州を流れ歩く無頼の生活の中で、（八重は無事に子を産んだろうか……生まれたのは男の子か、それとも女の子か……）と何十回も考えた。が、そのうち、考えるのはやめてしまった。

八重と我が子への未練が消えたわけではない。その逆で、未練が強すぎて、そのことを考えると苦しくなるからであった。

江戸へ舞い戻って八重と再会し、息子が無事に成長したと知ると、近藤屋敷の前に隠れて一目見ようと、何度も考えた。

しかし、一度我が子を見てしまうと、愛情が無限に膨れ上がって、実の父だと名乗りを上げたくなる——それを、右近は怖れたのである。

それなのに、運命の神の気まぐれであろうか、こんな所で初対面するとは……。

見覚えがあるのも道理、新之介の顔は、母親の八重にそっくりだったのだ。

（八重のやつ、俺にそっくりだと言っていたが……それなら、こんなに美しい顔立ち

なわけがない）

思わず苦笑すると、

「どうかなされましたか」

新之介が円《つぶ》らな瞳で、実の父親である人の顔を、そうとも知らずに覗きこむ。

「あ、いや……」

右近は、手にしたままだった湯呑みの茶を、ぐびりと飲み干した。

「ところで、新之介殿は、どちらへ参られるのですか」

「いえ……学問所の帰りです」

新之介は急に、しょんぼりとしてしまう。細いうなじが陶器のように白く光っていた。

湯島には孔子を祀《まつ》った聖堂がある。

元は林羅山《はやしらざん》の別邸内にあった孔子廟《びょう》を、五代将軍の綱吉《つなよし》が湯島へ移転させ、大々的に造営したものだ。広さは六千余坪、正殿の西側には学舎が設けられた。

将軍家齊の代になると、老中・松平定信は、〈寛政異学の禁〉によって蘭学を弾圧し、湯島聖堂で教える朱子学を官学とした。そして学舎を増築し、旗本や御家人の子弟のために昌平坂学問所を創立したのである。

しかし、その学問所から近藤屋敷への帰宅途中にしては、方向が全く違う。察するところ、新之介には自分の家に帰りたくない事情があるのではないか。

「道草というのは、気持ちの良いものでな。拙者も子供の頃、埴生《はにゅう》道場からの帰り道には、よく道草を喰ったものです」

右近は、新之介の気を引き立てるように言った。江戸へ戻った翌日に、彼は埴生道場を訪ねたのだが、恩師の埴生鉄齋《てっさい》は、折悪しく上方《かみがた》へ行っているとのことであった。まだ、鉄齋は江戸へ戻っていない……。

「おじ様は、剣がお強いのでしょうね」

顔を上げた新之介は、尊敬と憧れの眼差しを向ける。

「さあ、どうですかな」

「お強いに決まっています。私は剣はまるで駄目なのですが、先程の釣り竿の妙技を見ても、おじ様の腕前は尋常ではないとわかります」

少年の瞳は、ますます真摯《しんし》な輝きを帯びた。

「どうしたら、強くなれるのでしょう」

「新之介殿は、剣術が強くなりたいのですか」

「はい」

「どうして、強くなりたいのです」

「それは……武士の子ですから」

新之介は目を伏せた。

その様子を見た右近は、ゆったりとした笑顔を見せて、

「剣術の修業というものは、誰かに言われたからするのではなく、自分自身のためにするものです。また、そうでなくては強くなれません。自分で剣の道に打ちこめば、自《おの》ずから腕前は上達するものです」

「……」

「新之介殿は元服まで、まだ三年もある。焦らずに、地道に稽古することですな」

剣術が苦手とは、俺の血よりも八重の血の方が濃いのかな——と右近は胸の中で、苦笑する。

「……わたくしは、いけない子です」

思い詰めたような表情で、新之介は言う。

「どうしても、父上に馴染《なじ》めないのです。本当の父子だというのに」

「う……」

右近は、喉の奥に異物が詰まったような気分になった。茶銭を縁台に置いて立ち上がると、

「拙者は用事を思い出しました。新之介殿、何事もあまり真剣に悩むのは、軀《からだ》によろしくない。では、また、お会いしましょう」

まだ何か言いたそうな新之介を残して、右近は、そそくさと茶店を離れた。

4

庭先で洗濯物を干していた百姓の老婆に訊くと、研師の甚兵衛《じんべえ》の家はすぐにわかった。そちらへ向かいながら、

（やれやれ……俺も、まだ修業が足らん。あんな言葉に動揺して、実の息子の前から逃げ出すとは。だが、あのまま話を聞いていたら、新之介が不憫《ふびん》になって、家に連れ帰りそうだったからなあ……）

おもわず溜息が出てしまう。

（まあ、剣術が苦手だとしても、見も知らぬ百姓の子に親切にしてやるような、やさしい子供に育ってよかった。八重に似て美しい顔立ちだし、四、五年もたてば凛々《りり》しい立派な若者になるだろう。むむ……こういうのを親馬鹿というのかな）

父親の辰之進との仲が上手くいっていないというのが気にかかるが、それは自分が口を出すべき問題ではない。

そんなことを考えながら歩いていると、生垣をめぐらせた甚兵衛の家についた。玄関から声をかけたが、誰も出てこなかった。

裏手へまわって見ると、庭に面して板敷きの仕事場があり、そこに六十くらいの老《ろう》爺《や》がいる。

薄く割った内曇砥《うちぐもりと》を並べたものに吉野紙をかぶせ、その上から漆を塗っていた。これを乾燥させると、研ぎの最終工程に使用する刃取艶《はとりづや》が出来るのだ。

「ごめん。研師の甚兵衛殿だな」

庭へ入って、右近が問いかけたが、老爺は顔を上げようともしない。

「耳が遠いのか、困ったな」

「――わしの耳は何ともねえ」

作業を続けながら、ぼそっと甚兵衛が言う。

「誰だね、お前様は」

「見ての通りの素浪人、秋草右近という。お主のことは、左平次親分に聞いてな」

「ああ。あの岡っ引か」

「拙者の脇差の研ぎを頼みたいのだが」

右近が左腰から鞘ごと抜いた脇差を、甚兵衛は、じろりと一瞥《いちべつ》して受け取りもしない。

「そこらに置いておきなせえ」

無愛想な対応にも、右近は立腹せずに、

「そうか。で、いつ頃、取りにくればよいかな」

「さあね」

作業の手を休めた甚兵衛は、盥《たらい》の水で手を洗いながら、

「半月後かも知れねえし、半年後かも知れねえ。やってみなけりゃ、わからねえよ」

「ふうん。そういうものかね。じゃあ、気長に待つことにしよう」

右近が悠然とそう言ったので、老研師は肩透かしをくったような顔になった。棟続きの座敷の方へ行って煙草盆を引き寄せ、むすっとした顔で縁側で煙草を喫い始める。

「では、よろしくお願いする」

右近は一礼して、立ち去ろうとした。その時、荒々しく庭へ入って来た者がある。

三十代半ばだろうか、小袖に袴という姿で、主持ちの武士のようだ。

「おい、甚兵衛。わしの刀はどうなっておるのだ。もう、預けて四月《よつき》にもなるのだぞっ」

右近に目もくれずに、ずかずかと縁側に近づくと、

「いくら名人とはいえ、あまりにも日数がかかりすぎるではないか。いつになったら、研ぎ上がるのだ」

返事もせずに立ち上がった甚兵衛は、奥へ行って、刀箱にいれた大刀を持って来た。それを縁側に置いて、

「ご不満なら、お持ち帰りなせえ」

「なんだとっ」

武士は右手を伸ばして、甚兵衛の胸倉をつかもうとした。

と、その右腕が動かなくなってしまう。右近が、そいつの手首をつかんだからである。

「き、貴様……何者だっ」

筋力の差が何倍もあるようで、引こうにも振り払おうにも、まるで腕が動かせないのだ。

「何者とは心外ですな。甚兵衛殿の先客です。後からやって来て、挨拶もなく喚き散らした上に、年寄に乱暴を働こうとするとは、まともな武士の振る舞いとも思えん」

武士の細い目がつり上がった。

「その雑言、わしを宇浪《うなみ》藩勘定方の鈴木銀三郎《すずきぎんざぶろう》と知ってのことかっ」

「いかん、いかんな。こういう時に主家の名を出すのは、恥の上塗りというものですぞ、鈴木氏《うじ》。聞かなかったことにするから、刀を引き取ってお帰りなさい」

右近は腕を放して、ぽんっと胸を突いた。

そんなに強くは突かなかったのだが、鈴木銀三郎は、だらしなく臀餅《しりもち》をついてしまう。

「く……浪人の分際で許さんっ」

泳ぐようにして立ち上がった銀三郎は、額に青筋を走らせ、大刀の柄に手をかけた。が、その懐に飛びこんだ右近が、柄頭《つかがしら》を右の掌で押さえこむ。

「ぬぬぅ……」

いくら銀三郎が抜刀しようとしても、石臼《いしうす》が乗っかったように、大刀は動かない。

「こんな些細な事で刀を抜くのは、つまらんですぞ。武士の魂は、もっと大事な時に使うものです。それに、斬られたら痛いから、止めた方がいい」

間近に迫った右近の両眼の奥に、底知れぬ何かを見た銀三郎は、怒気がしぼんで怯えたような表情になってしまう。

ぱっと離れると、鈴木銀三郎は刀箱を抱えて、物も言わずに逃げ去った。

「うむ。なかなかどうして、逃げっぷりだけは見事だ。ははは」

右近が笑っていると、「秋草様」と甚兵衛の方から声をかけて来た。態度も口調も、さっきとは変わっている。

「そんな呼び方をされると、くすぐったくなる。左平次は、俺を〈ものぐさの旦那〉と呼んでいるぞ」

「はあ。それじゃあ……旦那。なぜ、斬らなかったのかね」

「斬り合いを見たかったのか」

「いや、別に」

「残念だが、見せてやろうにも、斬り合いはできん。俺の刀は、これでな」

右近は、大刀を抜いて見せた。

普通の刀の二倍ほどもある肉厚の刀で、しかも、刃《は》がついていない。つまり、打撃専門の鉄刀《てつがたな》なのである。

「どうして、そんな刀を……」

右近は屈託のない口調で、

「浪人稼業なんぞやっていると、どうしても、刀を抜かねばならぬ時がある。だが、人を斬ると後味が悪いのでな。斬りたくとも斬れないように、刃のない鉄刀を差すことにしたのだ。もっとも、脇差の方は刃がついてるから、よろしく頼むぜ」

「変わったお人だ」

「いや、甚兵衛殿ほどではない」

それを聞いて、渋面になった甚兵衛であったが、

「――十日後」

「ん？」

「十日後においでなせえ」

そう言って、怒ったように外方《そっぽ》を向いた。

5

「お……」

右近は、自分の家の前に近藤新之介が所在なげに佇《たたず》んでいるのを見て、驚いた。

今日は甚兵衛と約束の十日目、大塚へ脇差を受け取りに行く日である。

朝から、すっきりしない曇り空だった。

お蝶の知り合いで新橋に住む彫物師《ほりものし》が、口入《くちい》れ屋の若い衆と揉めていたのを、何とか手打ちをさせて、着替えをするために我が家へ戻って来たのだ。

「おじ様っ」

右近の姿を見るなり、新之介は子犬のように駆け寄って来た。

「よう参られましたな、新之介殿」

嬉しさに頬が緩むのを感じながら、そう言った右近であったが、息子の顔にただならぬ気配があるのに気づいた。何か相談があって、訪ねてきたに違いない。

「とにかく、立ち話も何ですから、入ってください」

新之介を玄関へ入れながら、右近は、さりげなく周囲に目を配った。

形ばかりの居間に新之介を座らせて、

「さて。どうなさいました」

「おじ様、お願いがあります」

顔を上げた新之介の瞳には、追い詰められた小動物のように感情が激しく揺れ動いている。きめの細かい色白の肌から血の気がひいて、蒼《あお》ざめていた。

「お近《ちか》づきになったばかりなのに、こんなお願いをするのはご迷惑かと思うのですが……何だか、初めてお目にかかった時から、おじ様のことが、お慕わしゅう思われて……」

右近は波立つ感情を抑えて、

「……で、願いとは？」

「必殺の一手をお教えください。必ず勝てるという一手を」

厳しい表情になった右近は、じっと十二歳の少年の顔を見つめる。

「少し待ちなさい。茶を淹《い》れよう」

わざとのようにゆっくりと、右近は茶を淹れて、新之介の前に置いた。

「それを飲んで、飲み終えたら事情を話してごらん」

新之介は言われた通りにした。

「学問所の同輩に、相良和馬《さがらかずま》という者がいます。同輩といっても、年齢《とし》は向こうが一つ上ですが――」

熱い茶を時間をかけて飲む間に、少し心が落ち着いたのだろう。澱《よど》みなく話す新之介であった。

それによれば——和馬の父・相良備中守《びっちゅうのかみ》智久《ともひさ》は、禄高千八百石、作事奉行《さくじぶぎょう》を勤めている。

新之介の〈父〉である近藤辰之進より、禄高も地位も上ということになる。七百石は旗本としては中の上くらいだが、千八百石といえば、立派な〈ご大身《たいしん》〉だ。

ところが、年齢も父親の身分も地位も下の新之介に、どうしても和馬は成績で勝てない。そのため、ことある毎《ごと》に、新之介に辛く当たるという。

さらに、金離れのよい和馬には取り巻きがいるが、新之介には友人がほとんどいない。それで、ますます苛《いじ》められるというわけだ。

母親にも父親にも相談できず、和馬の苛めに耐えながら、新之介は真面目に学問所へ通っていた。

ところが今日、席順のことで和馬が厭味《いやみ》を言い、珍しく新之介が言い返したため口論となり、激高した和馬から真剣による決闘を申しこまれたのである。

決闘の時刻は、本日の申《さる》の上刻《じょうこく》——午後四時。場所は護持院ケ原。立会人は同輩の芥川良平《あくたがわりょうへい》、これは和馬の取り巻きでも新之介の友人でもなく、いわば中立だという。

「その相良和馬、自分から決闘を言い出したところをみると、剣は得意なのですな」

「はい……」

新之介は唇を噛んだ。

どのくらい強いのか聞いてみたところで、大した意味はない。相手は必ず勝てる自信があるから、決闘を口にしたに決まっているのだ。

新之介の剣の腕が並以下だということは、わざわざ構えさせなくとも、一目瞭然である。

つまり、まともに決闘すれば、間違いなく新之介の敗けだ。

(大身の旗本の嫡子にしては、分別のない真似をするものだ……)

学問所では、旗本の子弟も御家人《ごけにん》の子弟も一緒に学べる。だが、それゆえに、両者の間には対立がある。また、同じ旗本の子弟であっても、父親の禄高によって、上下関係や対立が生じるわけだ。

まさか和馬は本気で斬り殺す気はないだろうし、新之介の腕か足に傷をつけるくらいで終わるつもりなのだろうが、勢いということがある。大人でさえ、真剣の立合となれば頭に血が昇って、振りまわした刀で自分の足を斬ってしまうことも珍しくないのだ。

まして、元服前の少年同士が刀を抜き合えば、最悪の結果になりかねない。

それに、死者がでなかったとしても、事件が目付《めつけ》の耳に入れば、双方の父親が咎《とが》めを受けるのは必定である。

だが――。

「新之介殿。決闘の場所へ行かねば、とりあえず難は避けられますが」

「でも、それでは二度と学問所で講義を受けられなくなります」

「そうですな」

新之介に逃げる気がないのを知って、右近は、ひとまず安堵した。自分が付き添い人になって、相手に睨みをきかせれば簡単だが、それでは新之介は浪人の加勢を得た卑怯者になってしまう。

少年同士の喧嘩とはいえ、そこに武士の意地という厄介なものが絡んでいるだけに、解決は容易ではない。むしろ、大人のように損得勘定ができないだけ、それは深刻かも知れなかった。

「もう、刻《とき》がありません。おじ様。わたくしのような者にでも勝てる必殺の一手がありましたら、何とぞ、ご教授ください」

「………」

右近は庭に目を向けた。

例の蝶は、あの日以来、姿を見せない。鳥や蜘蛛の餌食になったかも知れないし、女房と縒《よ》りを戻して、仲睦まじく暮らしているのかも知れない。

（蝶は気楽だな。十二年目にめぐり逢った青虫から、生死に関わる相談を受けることはあるまいからな）

「――新之介殿」

右近は、我が子の方へ向き直った。

「武士は何のために剣の修業をするのか、ご存じですか」

「無論、戦さ場《いくさば》において遅れをとらぬためです」

「それだけですかな」

「心胆を練って、いかなる危機にも不動心を保ち、醜態をさらすことなく、冷静に行動するためです」

「立派な答だ」右近はほほ笑んで、

「だが、果たして、それだけでしょうか」

「はあ……」

新之介は考えこむ表情になった。

「人を斬った者は外道《げどう》に堕ちます」

歯に衣を着せずに、右近は、ずばりと断言する。

「ある者は、他人の命を奪った罪悪感に苛《さいな》まれて、立直れなくなってしまう。また、ある者は、殺しの刺激と血のにおいに陶酔して、その虜《とりこ》となり、殺人を楽しむようにさえなる。そのどちらも、武士としては失格。真実《まこと》の武士ならば、人を斬った後も、人を斬る前と変わることなく、心穏やかに生きることができる……いや、生きねばならない。そうでなくては、人を斬る資格がない。剣の修業は、そのためにあるのです」

「………」

「新之介殿に、その覚悟と自信があるのなら、必殺の一手、ご教授いたしましょう」

「……お、おじ様」

十二歳の少年の両手は、爪が喰いこむほどに己《おの》れの膝頭を握りしめていた。

「わたくしは、未熟者です……そのようなこと、考えたこともありませんでした」

「拙者も偉そうなことは言えません。とても、その境地には達していないのですから」

大きな顎を、ゆっくりと撫でてから、

「さて……では、庭へ出ますか」

「えっ」

右近は立ち上がった。

「必殺ではないが、決して敗《ま》けない手を一つ、お教えします」

6

右近は、空の杯を手の中でいじりまわしながら、

「親分、酒はまだかな」

「旦那……」

岡っ引の左平次は、呆れたように言う。

「さっき頼んだばっかりじゃありませんか。まだ、五十と数えるほども、間があいちゃいませんぜ」

「そ、そうか」

むっすりとした顔になって、右近は腕組みをする。

そこは、神田相生町の左平次の家の近くにある〈紀之屋《きのや》〉という居酒屋で、卓の上には空の徳利が四本並んでいた。

客の入りは半分ほどである。

「どうしたんです、旦那。いきなり、あっしの家へやって来て、飲みに行こう――と誘っていただいたのは、まあ、結構ですが……その四本の酒、ほとんど旦那独りで、まるで水みたいに飲んじまった。旦那が酒豪なのは知っていますが、それにしても、

飲みっぷりが普通じゃありませんぜ」

「うむ……」

「何か心配事でも、お有りなんですか」

左平次は身を乗り出した。

「水くさいじゃありませんか。こんなあっしだが、旦那のお役に立つことなら、何でもやらせていただきます。ねえ、打ち明けてくださいよ」

「いや、別に……」

右近は視線をそらせる。左平次が、じっとその横顔を見つめていると、

「お待たせ」

化粧っけのない若い小女《こおんな》が、徳利を二本、持って来た。

右近は救われたように、自分で注いで、すぐに飲み干す。左平次は、その空いた杯に、酌をしてやった。

が、右近は、その杯を口元へ運ぼうとはしない。顔を上げて右近を見た左平次は、ぎょっとした。

秋草右近は唇を堅く引き結んで、何もない宙の一点を見据えているのだ。

声をかけることも出来ずに、左平次が息を凝《こ》らしていると、鐘の音が聞こえてきた。

上野寛永寺の時の鐘である。

右近の両の目玉が、ぎょろりと動いて、左平次を正面から睨みつける。岡っ引稼業の左平次が、思わず身をひいたほど、凄まじい眼光であった。

「今、何刻《なんどき》だっ」

「へ、へい……今の鐘は、申の上刻ですが……」

いきなり、卓を蹴り倒すような勢いで立ち上がった右近は、物も言わずに、ぱっと表へ飛び出した。手にしていた杯は、どこかに吹っ飛んでいる。

何が何だかわからずに、左平次を含めた店中の人間が呆然としていると、暖簾《のれん》の間から右近が顔を突き出して、

「――親分、勘定を頼むっ」

そう言いざま、恐るべき速さで筋違橋の方へ駆け出して行った。

「ど、どうしたんです、あのお侍。気でも触れたんですか」

小女が、呆れ半分怖さ半分で、左平次に訊く。丸顔の岡っ引は咳払いして、

「いや、何……とても大事な用件を、思い出しなすったんだろうよ」

7

五代将軍綱吉が、〈生類憐みの令〉という世界史にも類を見ないような悪法を発令

した理由の一つには、知足院の祈禱僧《きとうそう》・隆光《りゅうこう》の進言があったという。その隆光のために、一つ橋と神田橋の間に建立されたのが、元禄山護持院である。護持院は享保の火事で類焼したため、大塚へ移された。その跡地には芝生が植えられ、護持院ケ原と呼ばれるようになったのである。

春と冬には将軍が鷹狩りを楽しみ、夏と秋には庶民のために茶店が立つ。鬼神のような勢いで、神田相生町から錦小路へと駆けつけた秋草右近が、その護持院ケ原に到着した時には、西の空の明度が落ち始めて、堀の水も鈍い鉄色に変わっていた。

（新之介、死んではいかんぞっ）

心の中で、そう叫びながら、右近は息子の姿を捜した。

いた。生い茂る雑草の向こうに、数人の少年たちの頭部が見える。

（間に合ったらしい……）

全身から噴き出した安堵の汗を拭おうともせずに、右近は草叢《くさむら》に身を沈め、様子を窺《うかが》う。

二間《けん》半の距離を置いて新之介と対峙している少年は大柄で、襷掛《たすきが》けをして袴の股《もも》立《だ》ちをとり、大刀を右八双《みぎはっそう》に構えていた。額には鉢金《はちがね》まで当てている。

新之介の方も、刀の下緒《さげお》を襷にして、袴の股立ちをとっていた。

そして、大刀の柄頭を鳩尾《みぞおち》にあてがい、まっすぐに前方へ伸ばしている。正当な剣法にはない、やくざ剣法の構えである。

これが、右近が授けた〈敗けない手〉であった。

十数年間、関八州を流れ歩いた右近は、実戦の場数を踏んだ渡世人たちが、下手な武士よりも真剣勝負に強いという事実を知った。

喧嘩慣れした渡世人は、突きを嫌う。人間の肉体は、異物が侵入すると筋肉組織が収縮して、傷口を閉じ、出血を最低限にしようとする。だから、相手の軀に長脇差《ながどす》を突き入れると、筋肉に〈噛まれて〉抜けなくなる怖れがあるのだ。

こういう場合、武士と違って渡世人は一本差しだから、脇差を抜いて別の敵と斬り合うというわけにはいかないのである。

だが、駆け出しの若い渡世人となると、話は別だ。恐怖にかられて出鱈目《でたらめ》に長脇差を振りまわしたところで、あっさりと料理されるのが落ちだ。

そういう若い者は、兄貴分から、このように長脇差を腹で支えて構えるように教えられる。相手が斬りかかって来たら、長脇差を突き出したまま、軀ごと相手へぶつかってゆく。上手くいけば、相手の得物をかわして一突きに出来るし、悪くても相討ちに持ちこめる。だから、相手も迂闊《うかつ》には斬りかかれない。

剣の腕で相良和馬に格段に落ちる新之介が、互角に近い勝負をするには、この方法しかなかったのである。

「絶対に、自分から仕掛けてはいけない。相手が仕掛けて来たら、一歩前へ出て柄頭を腹で押すようにして剣を突き出す。これだけでよろしい。これ以外のことは、何も考えぬことです。――よいですな、新之介殿」

右近は、そのように新之介に言い渡したのである。

今、新之介の上品な顔は真っ赤に上気して、双眸《そうぼう》に強烈な光が宿っていた。対する相良和馬の癇《かん》の強そうな顔は、蒼白を通りこして、紙のように白っぽくなっていた。油をぬったように、額がぬるぬると光っている。

動けないのだ。なまじ、ある程度の腕前なだけに、どう斬りこんでも、新之介の突きを完全にはかわせない――と読めるらしい。

和馬の背後に、取り巻きらしい三人の少年がいた。彼らも、どう応援していいのかわからずに、息を呑んで見守っている。

そして、両者の中間より、少し下がった位置に、痩せた長身の少年がいた。これが立会人の芥川良平だろう。

(よい気魄《きはく》だ、新之介……)

逃げ出さずに、たった一人で決闘の場に赴き、相討ち覚悟の構えをとっている我が子を、右近は誇りに思わずにはいられない。

（だが……）

このままでは、まずい。気力は体力によって支えられる。時間がたつにつれて、体力で劣る新之介が不利になるのだ。

握力が弱まって、大刀の切っ先がうな垂《だ》れた時に斬りこまれたら、新之介の命が危ない。

右近は小石を捜して、右手で拾った。

卑怯なことだが、いざとなったら和馬の頭部へでも、この飛礫《つぶて》を打たねばなるまい。

右近は、自分の心の臓の音が、やけに大きく耳に響くのを感じた。生まれて初めて人を斬った時でさえ、これほど緊張はしていなかったと思う。

それから——百を数えるほどの間があっただろうか、新之介の切っ先が、ふらりと揺れた。

（ちっ）

右近は腰を浮かせて、飛礫を打とうとした。

が、和馬は動いていない。斬りかかろうとは、していない。実に妙な表情になって、頬を痙攣《けいれん》させている。

立会人の良平が、さっと前へ出て、

「この勝負、分け！　引き分けとするっ」

よく通る声で、そう宣言した。

和馬の刀が、だらんと垂れ下がった。取り巻きたちが、ほう……と息を吐く。

ややあって、新之介は、のろのろと刀を鞘に納めた。

納刀した和馬が鉢金を取ると、取り巻きたちが襷を取ってやったり、手拭いで汗を拭いてやったりする。

和馬は、怒ったような顔で三人を押し退けると、新之介に背を向けて歩きだした。取り巻きたちは、あわてて、その後を追う。

遠ざかる和馬の奇妙な足取りを見ていた右近は、思わず、微笑してしまった。動かなかったのも道理、和馬は緊張のあまり、失禁していたのに違いない。幸いにも、足元に水溜まりができるほどではなかったが。

気位の高い和馬が、濡れた下帯《したおび》を股間に密着させたまま屋敷まで歩かねばならない心中を察すると、右近の頬に微笑が浮かぶのは当然である。

新之介の方へ視線を戻すと、良平が何か話しかけていた。襷を外した新之介も、何か良平に言って、頭を下げる。

それから、二人は並んで帰って行った。

(俺の出る幕はなかったようだな)

草叢の中から立ち上がった右近は、それを見送っている内に、ふと苦笑した。

まだ、右手に小石を握ったままだったのだ。

8

甚兵衛の家に着いた時には、日は落ちて周囲は夜の影に覆われていた。

「遅くなって済まなかった。ちと野暮用があってな」

この前と同じように、裏の庭の方から入った右近は、居間にいた甚兵衛にそう言う。

甚兵衛は、床の間の刀掛けにかけてあった脇差を取ると、縁側に腰をかけた右近に、無言で差し出した。

「うむ、見せてもらおう」

両手で差し出されたそれを受け取った右近は、すらりと抜き放った。甚兵衛が、行《あん》灯《どん》を縁側へ持って来る。

研ぎの仕上がりを見るには、本当は自然光でなくてはならない。が、行灯の黄色っぽい光の中でも、刃取りの品のよさは明らかであった。煙るようにぼかされた刃境が美しい。

右近は、二度峰を返して、じっくりと両側を見てから、

「左平次は、お主のことを名人と言っていたが――」

脇差を鞘《さや》に納めて、右近は言った。

「本当だったな」

「どうも」

甚兵衛は、ほんの半寸ばかり頭を下げる。

右近は、懐から小判の紙包みを出して、老研師の前に置いた。金を受け取った甚兵衛は、ぼそぼそとした喋り方で、

「貰いものの地酒があるんだが、どうかね」

「ん？　そうだな。せっかくだから、少しだけいただいていくか」

台所へ行った甚兵衛は、一升徳利と湯呑み、それに肴を運んで来た。肴は、蒟蒻《こんにゃく》の唐辛子煮である。

甚兵衛に酌をされて、その黄色味を帯びた地酒を一口含んだ右近は、

「旨《うま》い」

大好物のお菓子を口にした童《わらべ》のように、にっこりと笑った。それにつられたように、甚兵衛の唇がほころぶ。

「わしの師匠が、こんなことを言っていた」

目の縁《ふち》が赤く染まった頃、甚兵衛は話し始めた。

「研師の仕事は、見る者の魂にしみこむような見事な姿に刀を磨き上げることだが、

刀というのは人を斬る武器だ。だから本来ならば、誰にも見られずに、ずっと鞘の中に納まっているのが、一番よいのだ――とね」

人も同じだ――と師匠は語ったという。

いかにも豪傑風に凄んでみせる兵法者《ひょうほうしゃ》は二流三流で、本当に強い侍は、その強さをひけらかさずに、己れの鞘の中に納めているのだ、と……。

「旦那は」と甚兵衛は言う。

「鞘の中の刀のような御人《おひと》だ」

この一言を口にするために、甚兵衛は酒を飲んだらしい。

「それは誉《ほ》めすぎだよ」

右近は軽くいなした。

「俺なんか、まだまださ。それが証拠に、今日だって…」

「今日……？」

「あ、いや……何でもない」

がぶりと湯呑みの酒を飲んだ右近は、

「甚兵衛さんは、独りかね」

「女房は七年ばかり前に死んだ。下《した》っ腹《ぱら》に、たちの悪いできものがあったらしい。本当は、死ぬ半年くらい前から軀の具合が悪かったはずなんだが、わしは……わしは仕事に夢中だったもんだから……」

「そうか」

右近は、甚兵衛の湯呑みを酒で満たしてやる。

「子はいないのか」

「若い頃は子供なんて煩《わずら》わしいだけだと思っていたが、今は、いてくれたらと思うな」

「それはわかるよ」

我が子を救うために、神田相生町から錦小路まで阿修羅のような形相で駆け抜く姿を目撃した人々は、自分を何と思ったことだろう――と右近は可笑《おか》しくなった。

「なあ、甚兵衛さん」

「うん」

「蝶々より人間の方が得だぞ」

「はあ……」

甚兵衛は酔いに濡れた目で、怪訝《けげん》そうに右近を見た。

「いや、何でもない。何でもない」

新之介の奴、今夜は眠れんだろうな――そう思いながら、右近は蒟蒻に箸を伸ばした。

第三話　仇討《あだう》ち乙女《おとめ》

1

そろそろ、未《ひつじ》の上刻《じょうこく》——午後二時頃である。

腹をすかした秋草右近は、うんざりした顔で東両国の広小路の人込みの中を歩いていた。

本所の緑町まで喧嘩の仲裁に行って、朝飯と昼飯を喰いそこなったのだ。

緑町に、長兵衛《ちょうべえ》という大工の棟梁が住んでいる。

この長兵衛の一人娘で今年十六になるお迪《みち》というのが、左官の頭の息子の由松《よしまつ》と恋仲になった。ところが、お迪には、親が決めた重吉という許嫁《いいなずけ》がいたのである。

お迪は、由松と別れろという長兵衛の意見を聞かないどころか、すでに腹には由松の子がいると言い出したから、話がこじれた。

由松の父親の伊八《いはち》は、自分の孫を宿している以上、どうしても、お迪を由松の嫁に迎えると言う。長兵衛の方は、大事な娘に勝手に種つけをした野郎なんぞに、お迪はやれねえ、何があっても重吉と一緒にさせる――と頑張る。

なまじ、大工と左官という近接した稼業なだけに、余計に両者は意地を張り合った。双方の若い衆まで集まり、町内の隠居が諫《いさ》めるのも聞かずに、あわや早朝から喧嘩という直前に、長兵衛の伯父の頼みで、最近、萬揉《よろずも》め事《ごと》解決屋を開業した秋草右近が仲裁に入ったのだ。

朝飯も摂《と》らないまま本所緑町に駆けつけた右近が、お迪を呼んで話を聞いてみると、子供が出来たというのは由松と夫婦になりたい一心での出まかせだったと言う。十六娘のいじらしさに絆《ほだ》された右近は、長兵衛と伊八を並べて懸命に説得した。

その結果、お迪は由松の家へ嫁ぎ、重吉は長兵衛の養子になって棟梁の座を継ぐ――ということで、ようやく話がまとまったのである。

急遽、料理茶屋の二階を借りて、遅めの昼食を兼ねた手打ちの宴が開かれることになった。ところが、盃を三、四杯重ねた右近が、膳の料理に箸を伸ばした時、早くも酔っ払った大工の一人が、俺もお迪と寝ている――と、ぽろりと洩らした。

お迪が金切り声を上げて否定すると、あわてた下戸《げこ》のそいつは、俺だけじゃなくて、あいつもこいつも寝ている――と火に油を注ぐようなことを喋ってしまったのだ。いじらしく見えたのは演技で、お迪は実は、かなり奔放《ほんぽう》な娘だったらしい。

途端に、手打ちの宴は銚子や皿どころか膳までもが飛びかう大乱闘の場となり、右近は制止することもならず、這這《ほうほう》の体《てい》で逃げ出したというわけだ。

観世物《みせもの》小屋と食べ物の屋台が立ち並ぶ両国広小路は、今日も人出が多い。

梅雨を目前にした空は蒼《あお》く晴れ渡り、汗を拭きながら歩いている者も少なくなかった。

(俺も女の目利《めき》きは、まだまだだなあ。それにしても、骨折り損の草臥《くたび》れ儲けで礼金の五両を貰いそこねたのは、ともかく……)

右近は、胸の中で愚痴をこぼした。

(なんで、俺が料理を喰い終わるまで待てなかったのかな、あの粗忽者《そこつもの》は)

豪勢な膳を見てしまったので、そこらの蕎麦屋で軽く済ませる気にはなれない。

右近の家から遠くない金沢町の角に、若い夫婦者がやっている〈おかめ〉という小さな料理屋がある。店の名に反して、女房は、なかなかの美人だ。それ以上に、亭主の料理の腕がよい。特に淡雪豆腐が絶品だ。

(どうせなら、あの店で朝昼兼用の飯にしよう)

そう考えた右近は、すきっ腹をかかえて両国橋を渡り、浅草橋の方へ歩いていた。

関八州を流れ歩いていた若い頃は、二日間何も食べなくても峠越えをするだけの気力と体力があった。

だが今は、たった二食抜いただけで、腹の皮と背中の皮がくっつきそうになっている。

生れ故郷の江戸へ戻って腰を落ち着け、性根が鈍ったのか。それとも、年齢《とし》のせいだろうか。

「旦那、如何《いかが》です」

屋台の団子屋にちらりと目をやると、絶妙のタイミングで、醬油団子の串が突き出された。その香ばしい匂いにつられて、右近は、それを受け取ってしまった。

四個刺しの団子を、一気に口に入れてしまう。ほとんど嚙む間もなく、胃袋へ直行した。

「へへ、旨《うま》いでしょう」

「む……旨いな」

一度、食べ物を口に入れてしまっては、もう、止まらない。

右近は、袂《たもと》の小銭をつかみ出して団子売りに渡すと、左手で五本の団子をつかんだ。

そして、一本を右手に持ち替えて、それにかぶりつく。

その喰いっぷりを見た団子売りは、

「旦那みてえに旨そうに食べてくれるお客は、初めてだ」

感心したように言った。と、その時、

「喧嘩だっ」

た人々が、わっと一塊になって、声のした方向へ駆けてゆく。

「斬り合いだぞっ」

七、八間《けん》先で、けたたましい叫び声が上がった。それを聞いて、てんでに歩いてい

2

「ふざけるねえ!」

濁声《だみごえ》で怒鳴ったのは、髭の剃り跡の青々とした三十前の目つきの鋭い男。左頰に、うっすらと疵痕《きずあと》がある。

「いくら侍でも、人を突き飛ばしておいて詫びも言わねえって法があるもんかっ」

腰にぶちこんだ長脇差《ながどす》を抜いて、わざとらしく捻《ひね》くり回しながら、言った。

「そうともよ、ここは天下の往来だぜっ」

右横で吠えたのは、四角い顔をした背の低い男だ。さらに、左横にいる市松《いちまつ》模様の着物を着た大男が、右肩を押さえながら哀れっぽい声で、

「政《まさ》兄ィ、痛《いて》えよう。肩の骨が折れたみてえだよう」

三人とも、強請《ゆす》りたかりで喰っている、ごろつきだ。四角顔も、懐から匕首《あいくち》を抜いて威嚇する。

彼らに対峙しているのは、ほっそりとした若侍だった。小豆色の袴姿で、編笠をかぶっていた。

ごろつきどもは、その体格や外見から与《くみ》しやすしと見たのだろう。

若侍の背後には、下僕らしい白髪の老爺《ろうや》がいて、おろおろしていた。

「突き飛ばした覚えはない。私がよけたら、お前が勝手に転んだのだ」

ゆっくりと編笠を取りながら、若侍は言った。月代《さかやき》を剃らずに、後ろで括った髪を背中に垂らしている。

ほう……と野次馬の中にいた右近は、驚きの吐息を洩らした。

「あ、兄貴っ」四角顔が素《す》っ頓狂《とんきょう》な声で、

「こいつ、女だぜ！」

年齢は十代後半か。少年のように中性的で美しい顔立ちをしている。眉は、負けん気の強さを証明しているような濃い一文字眉だ。

「女のくせに二本差しとは、とんだじゃじゃ馬か、それとも、男に化けて助兵衛坊主の相手をしている寺小姓か、どっちにしても碌《ろく》な奴じゃあるめえ。この棺桶《かんおけ》政が成敗してやるっ！」

相手が男装の娘とあって、ますます只では引っ込みがつかなくなった頬疵の政は、長脇差を振り上げた。

と、男装娘の方が仕掛けた。一陣の風が吹き抜けるような、鮮やかな動きであった。政の懐に飛びこむようにしながら抜刀し、振り下ろされた長脇差を弾き飛ばした。返した大刀の峰で、政の左肩を強打する。

「ぎゃっ」

さらに、振り返りざま、四角顔の脇腹に大刀の峰を叩きこんだ。

匕首を放り出した四角顔が、悲鳴も上げられずに海老のように背中を丸めて地面に転がると、大男が「うげっ」と奇妙な叫びを上げた。

男装娘は、懐の匕首を抜きかけている大男の右肩の骨を、今度は本当に砕いてやった。

地響きを立てるようにして倒れた大男の不様《ぶざま》な姿を見下ろしながら、娘は納刀する。

見物していた野次馬たちが、その見事な手並みに、わっと歓声を上げた。

が、誇らしげであった男装娘の顔に、

「……?」

にわかに不審そうな表情が浮かんだ。

大男の右肘に、竹串が突き刺さっていたからである。

厳しい顔つきで、さっと周囲を見回した男装娘の目は、呑気《のんき》に団子を食べている秋草右近に止まった。

「お主――」

つかつかと右近に近寄った男装娘は、突っ掛かるような口調で、

「どうして、竹串を飛ばしたのだっ」

「み、深雪《みゆき》様……」

老僕が、袖を引くようにして制止するのも聞かずに、

「助勢を頼んだ覚えはない、私が女だからと侮《あなど》ったのかっ」

「いや、出すぎた真似をして申し訳ない」

右近は、ぺこりと頭を下げる。が、深雪と呼ばれた男装娘は、まだ納得せずに、

「私が訊いているのは、どうして竹串を…」

「あのう」

逞しすぎる顎を突き出すようにして、右近は相手の言葉を遮《さえぎ》り、にっこりと笑った。

「話が長くなるようなら、そこらの店で何か食べながら伺おう。こんな往来で立ち話をするには、拙者はもう、腹が減りすぎているのでな」

3

「本当に広い背中……」

お蝶は、うっとりしたような声で呟いた、湯殿《ゆどの》の簀子《すのこ》に胡坐《あぐら》をかいた右近の背中を、糠袋《ぬかぶくろ》でこするお蝶は、無論、腰に手拭いを巻いただけの裸である。

剣術の修業で鍛え抜いた大柄な右近の肉体は、まるで箪笥《たんす》に手足が生えたように逞しい。上腕部など丸太のような逞しさで、お蝶の太腿よりも大きかった。

「稲の苗を植えたら、五俵くらいは米がとれそうだね」

「俺の背中は田圃《たんぼ》じゃないぞ」

右近は笑った。

「その証拠に、ほら」

女の手を取ると、太々《ふてぶて》しいものを握らせる。

「松茸が生えてるだろう」

「ええ……でも、旦那のこれは、松茸っていうより竹の子ぐらいあるんじゃないかしら。ねえ……」

お蝶の声は、蜜をかけたように甘ったるく、すでに濡れていた。

「ねえってばァ」

「なんだい」

「馬鹿、野暮天《やぼてん》っ」

糠袋を捨てた手で、お蝶は、男の背中をぴしゃりと叩いた。

「熱くなってる女を焦らすなんて、罪だよっ」

その声は、幼児が泣きべそをかいたような調子になっている。

「わかった、わかった」

右近は、お蝶の軀を軽々とかかえて、自分の膝の上に座らせた。そして、その紅唇を吸う。

お蝶も、夢中になって舌を絡めて来る。内腿を撫で上げた右近は、彼女の言葉が嘘でないことを確認した。

情熱的に求めるお蝶に、下肢を開いて男の膝を跨ぐ大胆な姿勢をとらせると、

「やだ……羞《はず》かしいよ、こんな格好」

元女掏摸《すり》は、しきりに拒むような言葉を口にしたが、右近と一つになると、自分から激しく動く。

その揺れる胸乳《むなぢ》を唇で愛撫しながら、右近は、両国広小路で会った娘兵法者のことを思い出していた。

（仇討ちか――）

佐久間《さくま》深雪は十八歳。

川越藩納戸役・佐久間参右衛門《さんえもん》の娘である。三人兄妹《きょうだい》の末っ子で、上に兄が二人、長男が彰一郎《しょういちろう》、次男が謙太郎《けんたろう》といった。殺されたのは、この謙太郎である。

二年前の秋のことだ。知人の家で、永らく臥《ふ》せっていた主人の床上げの祝いがあり、謙太郎はそれに出席したのだが、その場で、同輩の伊吹慎吾《いぶきしんご》と口論になってしまった。口論と言っても、普段から余り酒癖のよくない謙太郎が、相手の話の揚げ足を取るようにして、ほとんど一方的に罵ったらしい。

他の者たちの忠告もあり、酔っ払いの相手をするのが面倒にもなったのだろう、慎吾は先に引き上げた。謙太郎は、それから半刻《はんとき》ほどもしてから、ようやく、お神輿《みこし》を上げた。

送って行こうという友人の申し出を断って、謙太郎は、存外、しっかりした足取りで帰ったという。

だが、謙太郎は屋敷へ帰りつかなかった。

翌日の早朝、路上に血まみれで息絶えているのを、豆腐売りに発見されたのである。そばには、抜身の大刀が転がっていた。その刀には、わずかに血脂《ちあぶら》が付着していた。

犯人の詮議は必要なかった。伊吹慎吾が、深夜の内に逐電《ちくでん》したのである。屋敷に残っていた下僕は、帰宅した主人は左手首に軽い傷を負っていたし、袴《はかま》に返り血らしきものがついていたと証言した。

酒席で罵倒されたのを恨みに思った慎吾が、待ち伏せして帰宅途中の謙太郎を殺害したのだろう——と役人たちは推理した。

しかし、すでに慎吾の姿が領内になく、また、逃げた先も不明のため、事件はこれで幕引きである。あとは、佐久間家の者が、謙太郎の仇討ちをするしかないのだ。

だが、仇討ちは、殺された者の目下の者にしか許されない。この場合は、父親の参右衛門や長兄の彰一郎では資格がなく、討ち手になれるのは妹の深雪だけであった。

深雪は、女ながら剣術が好きで、小さい時から天明一刀流の道場で修業をしてきた。その剣才は師も認めるところで、十六歳にして、師範代との勝負で三度に一度は勝つという腕前である。

佐久間参右衛門は、謙太郎の死は本人にも非があることなので、仇討ちに乗り気ではなかった。幸いにも――という言い方は不謹慎だが、殺されたのは次男だから、仇討ちをしなくとも、家の存続には支障はない。

だが、深雪は、どうしても兄の無念を晴らしたいと主張したのだ。

仇討ちの成功率は、百件の内、一件くらいというのが常識である。相手も死にたくないから、六十余州を必死で逃げまわるのだ。

どこにいるか皆目わからぬ相手を、討ち手の方は運だけを頼りに捜しまわるのだから、成功率が低いのも無理はない。

しかも、一度、仇討ちの旅に出た者は、本懐《ほんかい》を遂《と》げるまでは帰参《きさん》を許されない。旅費の都合にも限度がある。そのため、仇を討てぬまま、貧苦や病のために旅の空の下で果てる者も珍しくなかった。

　まして女の深雪に、参右衛門としては、そういう苦労はさせたくなかったが、どうしても、深雪が言うことを聞かない。

　結局、参右衛門が諸国の親戚知人に要請して伊吹慎吾の消息に気を配ってもらい、もしも所在がわかったら、その時は、深雪を仇討ちに出すということになった。

　そして、その機会は、意外にも早くやって来た。十日ほど前、川越藩江戸屋敷の藩士が、両国広小路の人込みの中で、ちらっと伊吹慎吾を見かけたというのである。

　兄の仇討ちという具体的な目標のできた深雪は、この一年半の間にさらに精進して、ますます剣の腕を上げていた。すぐに仇討ち許可状を貰って、深雪は、老僕の彦助《ひこすけ》と江戸へ出て来たのだった。

　今は、馬喰町《ばくろちょう》の〈和泉屋〉という旅籠《はたご》に泊まって、慎吾の行方を捜している毎日だそうだ。その探索の最中に、ごろつき三人組に絡まれたというわけである――以上の話を、右近は、蕎麦屋の二階の座敷で深雪から聞いた。

「深雪殿は真剣勝負の経験がおありかな」

「ありません。ですが、道場の試合も真剣勝負も、変わりはないと思います」

　深雪は、自信たっぷりに答えた。

「現に、先ほどの町人たちが刃物を持ち出しても、私は、道場の試合と同じように冷静に倒すことが出来ました。秋草殿の助勢など、まったく必要なかったのです」

「なるほど……しかし、その伊吹という相手が、うまく見つかりますか」

「心正しき者には、必ずや天祐神助《てんゆうしんじょ》があるはず。私は、仇討ちの成功を毛ほども疑っておりません」

あまりの自信に辟易《へきえき》して、右近は、深雪たちと別れた。もっとも、三杯も食べた蕎麦の代金を深雪が払ってくれたところを見ると、少しは感謝しているのかも知れない。

だが、江戸は百万都市。果たして、首尾よく仇敵《かたき》を見つけ出せるかどうか。

（百に一つか……若い娘が、花の盛りを虚しい探索行に費やして老いてゆくというのも、気の毒なことだな）

そんなことを考えているうちに、お蝶は桃源郷に駆け昇って、ぐったりと右近の肩に顔を伏せてしまった。しばらくの間、右近が心安らかに甘い余韻を味わっていると、お蝶が顔を上げて、

「いけない……忘れるところだった」

気怠《けだる》げに言う。

「何をだ」

「仕事ですよ、仕事。十両になる話を頼まれてたの。旦那が、ちょいちょいっと軽く刀を振り回してくれたら、いいのよ」

「いやに調子のいい話だな」

右近が苦笑すると、お蝶は、その唇に短く接吻してから、

「あのね。ならず者を一人、追い出して欲しいんだって」

4

深川の入船町――経師屋《きょうじ》と傘屋の間の路地に、裏長屋の木戸《きど》がある。丸々と太った青蠅《あおばえ》が飛びかう、なかなかに風流な場所だ。

曇天の空の下、その木戸の前に古びた縁台が置かれ、痩せた浪人者が腰を下ろしていた。

三筋格子の着物をぞろりと着て、縁台に片膝を乗せただらしない格好をしている。年齢は、二十代後半だろう。

月代《さかやき》を伸ばし、肌は青白く、肉を削いだように頬がこけていた。大刀を、いつでも抜き打ちできるように左側に置いているのが、剣呑《けんのん》だ。

縁台の端には、小さな塩豆が六、七個、並べてあった。間近に立った右近には目もくれず、浪人は、青蠅の行方を見つめる。

そして、右端の塩豆を親指で弾《はじ》いた。

「………」

右近は眉をひそめた。

その塩豆は、空中を飛翔していた青蠅に見事に命中して、叩き落としたのである。

浪人は、次の塩豆を弾いた。命中の衝撃で、二匹目の青蠅の頭部が千切れ飛んだ。

さらに、浪人は三個目の塩豆を弾く。

その瞬間、右近は、大刀の柄を突き出した。柄頭《つかがしら》が、塩豆にぶつかる。

軌道を変えられた塩豆は、浪人が狙っていたのとは別の青蠅に命中した。羽が千切れてしまう。

「――面白い」

初めて、浪人は右近の顔に目を向けた。

「お主、できるようだな」

「なあに」右近は顎を撫でながら、

「こんなものは、ただの座興だ。気に入らない来客を威嚇するくらいの効き目しかないよ」

木戸の内側に、長屋の住人が三人ほど集まって、心配そうに、こちらの様子を窺《うかが》っていた。こんな長屋に住んでいる者が羽織袴で暮らしているわけはないが、それにしても見窄《みすぼ》らしい身形《みなり》であった。

浪人の切れ長の目の底に、何か強い光が生まれた。

「家主の治兵衛《じへえ》に頼まれて来たのかね、俺を追い出せ——と」

「そんなところかな」

右近がそう答えると、浪人の左手が大刀に伸びた。右近も、左手で大刀の鞘を握り、親指で鯉口を切る。

「……………」

「……………」

一挙動で相手を斬り倒せる間合だ。二人は、その体勢のまま、動かない。

ややあって、浪人が溜めていた息を吐き出した。殺気が消える。

右近も、肩から力を抜く。

大刀を手にして、浪人は立ち上がった。

「一杯飲むかね」

「いいだろう」

浪人は肩越しに、長屋の住人たちに向かって、

「〈千歳《ちとせ》〉に行ってくる」

「へいっ」

ほっとした表情で、住人たちは頭を下げた。

彼の言う千歳とは、大通りを挟んだ反対側にある煮売り屋であった。煮売り屋だが、狭い土間に小さな卓が二つ有って、酒も出すらしい。

奥に背中を向けて、浪人は卓についた。

「まだ、名前を聞いていなかったな」

右近の盃に酒を注ぎながら、浪人は言う。

「秋草右近。ご覧の通りの素浪人だ」

「俺は……治兵衛から聞いているだろうが、酒井滝之助《さかいたきのすけ》という」

蛤《はまぐり》の葱《ねぎ》和《あ》えを肴に、二人は黙って酒を飲む。酒井滝之助は、飲んでも顔が赤くならずに、かえって、蒼《あお》ざめてゆくようだ。

「お主、浪人暮らしは長いようだな」

「十余年……たしかに長いな。もっとも、自分で身分を捨てたのだから、仕方がない」

「俺は、最初の半年で浪人暮らしが心底、厭になった。だからといって、もう、元には戻れんしな」

自嘲気味に、そう呟いてから、右近の肩越しに、ちらりと外を見る。右近は、ゆっくりと振り向いて、彼の視線の方向を確かめた。

「なるほど……そこに座っていると、長屋の木戸がよく見えるわけだ。余程、あの長屋にご執心らしいな」

「治兵衛は何と言っていたね」

滝之助の唇が皮肉っぽく歪んだ。

「俺が、あの貧乏長屋に居座って、法外な立ち退き料を請求しているとでも言ったか」

「そんなところだが……」

三ケ月ほど前から、性質《たち》の悪い浪人者が長屋に勝手に住みつき、出て行くようにと交渉すると刀を振り回す、長屋や近所の者にも迷惑をかけている、何とか追い出して欲しい——それが治兵衛の依頼であった。

町奉行所に訴え出ないのは、理由はともあれ、長屋から縄つきを出してしまうと、借り手がいなくなってしまうから——と治兵衛は言ったのである。

だが、滝之助の話は全く違うものであった。

三月前、彼が、この千歳で具合が悪くなり動けなくなったのを、客で来ていた棒手《ぼて》振《ふ》りの寛太《かんた》が長屋に運びこんだ。そして、長屋の住人たちの手厚い看護を受けて、ようやく回復したのだという。

この長屋は、十五年ほど前に、治兵衛の父の団右衛門《だんえもん》が建てたものである。その時、団右衛門は重い病気に罹《かか》っていた。そこで、貧しい人々に安い家賃の長屋を建ててやるから、何とか病気を治して欲しいと神仏に願をかけたところ、奇跡的に回復した。

団右衛門は、願かけ通りに長屋を建てて、店子《たなこ》たちには永代居住権を与えて、店賃《たなちん》も値上げしないことを約束したのだという。

ところが、昨年、団右衛門が死んで、治兵衛が家作《かさく》を引き継ぐと、長屋の住人たちに露骨な嫌がらせをするようになった。彼らを追い出して、値上げした店賃で新しい店子を入れようというのだ。

格安の店賃で住んでいる住民たちは、貧しく最低限の暮らしをしているので、この長屋を追い出されたら、行く所がないという。

義憤にかられた滝之助は、この長屋の用心棒になって、治兵衛の差し向けたごろつきなどを追い払っていたのである……。

「無論」と滝之助は言った。

「どちらの話を信じるかは、お主の勝手だがな」

右近は溜息をついて、

「ただ、無法者を追い出すだけで十両というのは、話がうますぎると思ったよ」

「わかってくれて、ありがたい」

滝之助は、初めて笑顔を見せた。

「では、黙って帰ってくれるかね」

「いや」

右近が首を横に振ったので、滝之助は、怪訝《けげん》な面持《おもも》ちになる。

「黙って帰るのでは、俺の腹の虫が治まらん」

右近は、盃を伏せて立ち上がった。

「ちょっとばかり、ここで待っていてくれ」

5

深川熊井町へ行って家主の治兵衛と交渉するのに、大して手間はかからなかった。乗り込んだ右近が、抜く手も見せずに脇差で、治兵衛の羽織の紐を切断したからだ。

「俺ァ弱い者いじめが大嫌いで、強い者いじめが大好きな男なんだ。さあ、俺を騙した落とし前は、どうやってつけるつもりだっ」

芝居っ気たっぷりに右近が怒鳴りつけると、治兵衛は震え上がった。

そして、先代の口約束でしかなかった長屋の店子の永代居住と店賃の据え置きを、きちんと証文にしたのである。さらに、今回の嫌がらせの詫び金として、渋々と三十両を出した。

右近は、その証文と金を持って、すぐに入船町の千歳へ戻った。

が、彼が店の中を覗きこむよりも早く、親爺が顔を出して来て、

「お侍さん、大変ですよ。酒井の旦那が血を吐いて……」

「何っ、吐血したのか」

酒井滝之助の顔色が悪いので病身だろうとは思っていたが、血を吐くほどとは考えなかった。

「ええ、丼いっぱいほども。長屋の衆が、みんなして運んでゆきました」

右近は、すぐに通りの向こう側へ行った。

木戸を潜ると、酒井滝之助の家はすぐにわかった。心配そうに女房たちが覗きこんでいたからだ。

その女房たちに声をかけてから、右近は、中へ入った。紙のように薄い夜具に横たわった滝之助の枕元には、実直そうな四十前の町人が座っていて、その横では、坊主頭の初老の男が盥《たらい》の微温湯《ぬるまゆ》で手を洗っている。町医者だろう。

「お前が寛太か」

「へい。秋草様ですね」

小豆のように小さな目をした棒手振りの寛太は、頭を下げて、

「今は少し落ち着いて、眠っているところです」

手を拭った町医者は、台箱を持って立ち上がり、

「では、後で薬を取りに来なさい」

そう言って、お辞儀しながら右近の脇を通り過ぎた。右近は、その医者を木戸の外

まで追って行って、

「病人の具合はどうかね。ずいぶんと吐血したそうだが」

「本人も知っていることだが……胃の腑《ふ》に悪性の痼《しこ》りがありましてな。正直に申し上げて、もはや余命幾許《いくばく》もないという状態です」

愕然とした右近は、医者に礼を言って、滝之助の家へ戻った。寛太に、例の証文と金を渡して、

「これがあれば、みんな安心して、この長屋に住めるだろう。誰か店子総代を決めて、きちんと保管するがいい。それと、この金で酒井殿の薬代を払い、残った分はみんなで分けるんだ。頼むぞ」

「有り難うございます。お侍様」

「礼なら、酒井殿に言うがいい。俺は、この御仁《ごじん》の漢《おとこ》振《ぶ》りが気に入っただけだ」

「……秋草殿」

眠っていたはずの滝之助が、目を開いた。土気色であった顔に、ほんの少しだけ、血の気が戻っている。

「おう。大丈夫かね」

そう声をかけると、滝之助は夜具の下から、そろそろと左手を出した。

「ご苦労をおかけした」

その手を見た右近の顔が、一瞬、厳しくなった。が、滝之助の手を握ると、すぐに陽気な口調になって、

「なんの、造作もない。早く良くなってくれ。また、一杯やろうではないか」

滝之助も、弱々しく笑った。

「そうだな。今度は飲みくらべをしたいものだ」

そして、しばらくの間、四方山話《よもやまばなし》をしてから、ゆっくりと養生するように言って長屋を出た。

外は薄暗くなっていた。道ゆく人々が怯えて後退《あとずさ》りするほど、右近の顔は険《けわ》しいものであった。

秋草右近は、酒井滝之助の左手首に、鉛色に変色した刀痕を見てしまったのである。

6

馬喰町の和泉屋に近づいた時には、すっかり暗くなっていた。明かりの入った大きな看板提灯を目にしても、右近は、まだ決心がつかないでいた。

――伊吹慎吾の所在を、佐久間深雪に教えたものかどうか。

人相背格好や左手首の刀痕などからして、酒井滝之助が伊吹慎吾であることは、ま

ず間違いない。四方山話の間に、彼がぽつりぽつりと洩らした身の上話も、伊吹慎吾のそれと符合する。

（あいつが本当の悪党なら、何の迷いもないのだが……）

二年前には、同輩を闇討ちにした卑怯者だったかも知れないが、今は、貧しい者たちを守ろうとする好漢である。

たとえ、深雪に討たれなくとも、滝之助こと慎吾の命は、もうじき消えるのだ。それならば、温かい長屋の住人たちに看取られて、畳の上で死なせてやってもよいのではないか……。

だが、右近が教えてやらねば、おそらく、佐久間深雪は慎吾の最期を知ることはできまい。そうなると、あの男装娘は一生、故郷の川越へ戻れないのだ。

すでに土の下に眠っている居もしない相手を捜しまわって、女の身で、その生涯を虚しく磨り減らすことになるのだ。それは、あまりにも酷《むご》い。

（伊吹慎吾が逝《い》ってから教えてやるという手もあるが、な。しかし……）

どちらにしても、仇討ちが不首尾に終われば、深雪は川越には戻れまい。戻ったとしても、一生、周囲の冷たい視線を浴び続けるだろう。

慎吾への友情を選ぶか、深雪への同情を選ぶか――だが、問題は、これだけではないのだ。

(慎吾は強い。俺と、ほぼ互角……重い病の身とはいえ、深雪殿が勝てるかどうか)

深雪が返り討ちにあうのでは、何のために慎吾の居場所を教えてやるのかわからない。

(仕方がない)

右近は、和泉屋の前を通り過ぎながら、

(今夜は酒でも飲んで、明日の朝の心持ちで決めよう)

そう決めた時、

「何だ、あの女はっ」

悪態をつきながら、和泉屋から出て来た者がいた。

「折角、わしが助太刀してやろうと言うのに、素気《すげ》なく断るとは。少しばかり容貌《かたち》が美《よ》いのを鼻にかけて、あの無礼千万な態度は何だ。一体、どういう躾《しつけ》をされて来たのだっ」

右近は足を止めて、肩越しに振り向く。

怒鳴っているのは二十代半ばの武士、彼を送って来て頭を下げているのは、深雪の老僕の彦助であった。

「右も左もわからぬ江戸で、本当に自分たちだけで伊吹が見つかると思っているのか。もっとも、たとえ首尾よく仇討ちを成し遂げたとしても、あの気性では嫁の貰い手もあるまいがな。左様《さよう》、言うておけっ」

そう言い捨てて、武士は、足早に去っていった。

米搗《こめつ》き飛蝗《ばった》のように頭を下げて見送った彦助は、右近に気づいて驚きの表情になった。

「今のは、川越藩江戸屋敷の者かね」

「はい……松村伊織《まつむらいおり》様と申されます。両国広小路で、伊吹慎吾を見かけたというのは、あの御方《おかた》で」

「なるほど……」右近は顎を撫でて、

「深雪殿に取り次いでくれぬか」

会ってもいいということなので、右近は、彦助の案内で二階の座敷へ向かった。

「夜分に、どのような御用でしょう」

この前と変わらぬ高飛車な態度で、佐久間深雪は、右近を迎えた。しかし、右近は、深雪の瞼が泣き腫らしたように赤くなっているのに気づいた。

「何やら不愉快なことがあったようですな」

柔らかい表情で右近が問いかけると、深雪は目を伏せる。

「女は――」

ややあって、深雪は口を開いた。

「武芸を習得しても、大小をたばさんでも、やはり女のままなのでしょうか。頼りなく、男の人に手助けしてもらわねば、何事もなしえぬ無力な存在なのでしょうか」

「松村という御仁は、深雪殿に懸想《けそう》しているようだ」

右近は、一見、深雪の問いへの答とは別のことを言う。

「そんな下心のある助力の申し出など、断って正解でしょう」

「はい……」

素直に、そして幾分嬉しそうに、深雪は頷いた。それを見た右近は、どうでも決断をしなければならなくなった。

「深雪殿、実は大事な話があります。落ち着いて聞いていただきたい」

「承《うけたまわ》ります」

男装娘は、姿勢を改めた。

「伊吹慎吾と思われる人物の所在がわかりました」

佐久間深雪の驚きようは、尋常ではなかった。まるで、雷に撃たれた者のようであった。

「秋草様……私をお揶揄《からか》いになっているのでは、ありますまいね」

「嘘でも冗談でもない。ただ、その人物の話をするのに、一つだけ条件がある――」

右近の言う条件を聞いた深雪の眸《まなこ》が、さらに大きく見開かれた。

7

夜が明けて間もないから、空気が肺に突き刺さるようだ。昨日に続いて、灰を塗ったような曇り空である。

朝霧のかかった深川の大通りには、早朝の商いが勝負の豆腐売りや納豆売りが行き交っていた。

「秋草様。あの……」

右近の背中に向かって、何かを言いかけた深雪だが、

「いえ、何でもありませぬ」

すぐに顔を伏せてしまった。

秋草右近が、伊吹慎吾を見つけてしまった翌日の朝——右近と佐久間深雪、彦助の三人は、深川十万坪への道を歩いている。

昨夜の内に、酒井滝之助こと伊吹慎吾には文を届けてあった。その内容は、貴公が元川越藩士の伊吹慎吾ならば、明日の夜明けに、深川十万坪の一本松にて佐久間深雪と立合ってもらいたい——というものである。

右近は、慎吾の住居を深雪たちには教えていない。「武士の誇りにかけて正々堂々

の勝負をするか、それとも先の短い命惜しさに身を隠すか……伊吹という漢《おとこ》に選ぶ機会を与えてやって欲しいのだ。頼む」と右近は、手をついて深雪に頭を下げたのである。

慎吾への友情と深雪への同情を秤《はかり》にかけた結果、右近が導きだした結論が、これであった。

「案ずるな、深雪殿」

前を見たままで、右近は言った。

「私の見た通りの漢ならば、伊吹慎吾は必ず一本松に来る」

「はい……申し訳ございません」

頭を下げる深雪を振り向きもせずに、右近は怒ったように歩を進める。未だに彼の心の片隅には、迷いと後悔が残っていたのだ。

しかし、立会人として、何がどうなろうと仇討ちの顚末《てんまつ》を見届けねばならぬ。

各々に重苦しい思案をかかえた三人が、福永橋を渡り、一橋家の下屋敷の南側、広大な埋立地に着いた時、

「待ていっ！」

堀際の小屋の蔭から、ばらばらと飛び出して来たのは、長脇差やら木刀やらを手にして喧嘩仕度した六人のごろつきである。その中の一人は、左肩に添え木をあててい

る頬疵の政だった。

「お前たちは先日の……」

「この前は、よくも好き勝手に俺たちを手籠《てごめ》にしやがったな。あのまま引き退がったんじゃ、渡世の上の顔が立たねえ。ぶち殺してやるから覚悟しやがれっ」

政は、狂犬のように吠えた。

「政兄ィよ。男の形《なり》はしているが、大した別嬪《べっぴん》じゃねえか。膾斬《なますぎ》りにするよりも、みんなで散々に嬲《なぶ》りものにしてから、女郎屋《じょろうや》へでも叩き売った方がいいんじゃねえか」

色の浅黒いごろつきが、下卑《げび》た表情で言う。

「甘く見るな。あれで、天狗みてえに強いんだ。寄ってたかって斬り刻まねえと、危なくてしょうがねえんだ」

「おい――――」

右近が、ずしりと腹に響くような声で言った。

「俺たちは大事な用がある。それに少々、腹の虫の居所が悪い。今日は見逃してやるから、さっさと消えろ」

「やかましいっ！」

深雪を陵辱しようと主張したごろつきが、長脇差を振り上げて突進して来た。が、何時《いっ》抜いたとも見えぬ右近の鉄刀が、その男の右腕を叩き折った。

そいつが悲鳴をあげて倒れるよりも早く、右近が男たちの中へ飛びこんで、次々に彼らを打ち倒してゆく。

十と数えぬ間に、六人のごろつきは地べたを転げ回っていた。あまりの激痛に失禁した者までいる。

深雪が大刀を抜く間もないほどの、早業《はやわざ》であった。

「つまらぬ刻《とき》を費やした。行こう」

再び右近を先頭にして、十万坪の奥にある一本松を目指す。

「む……」

伊吹慎吾は来ていた。大刀を杖にして、太い一本松の幹に寄りかかるようにしている。そばで、寛太が腕を支えていた。

右近は、安堵と悔恨が同時に胸の中に湧き出るのを感じた。

近づいてみて愕然としたのは、三筋格子の慎吾の着物の前が、どす黒い吐血で染まっていたことである。

「酒井……いや、伊吹殿、それは！」

「間に合ったか……」

幽鬼のようにやつれた顔に、伊吹慎吾は、微笑を浮かべた。

「深雪殿、久しいな。ずいぶんと腕を上げられたようだ」

「尋常の勝負といきたいところだが、生憎《あいにく》、その力は残っておらぬ」

慎吾は数歩、前へ出ると、そこへ座りこんだ。

「さあ、討ってくれ。私の息のあるうちに……」

それだけ言うのも、苦しそうな慎吾であった。深雪の方は、彼の悲惨な様子を見て、大刀の鯉口を切ることもできない。

「お待ちください、伊吹様。仇討ちの前に、私は、伺いたいことがあるのです」

「見苦しいぞ、佐久間深雪っ」

慎吾は一喝した。

「兄の仇敵が眼前におるというのに、何を躊躇《ためら》う。そなたが臆病風に吹かれたのなら、私は武士として残された道を選ぶだけだ」

そう言って、慎吾は脇差を抜くと、止める間もなく腹に突き立てる。

「伊吹様っ」

深雪の声は悲鳴に近かった。

「か……介錯《かいしゃく》……介錯を……」

喰いしばった歯の間から、押し出すようにして、慎吾は言う。

「深雪殿、何をしておるっ」

「伊吹様……」

右近の叱咤《しった》で、ようやく、深雪は大刀を抜いた。慎吾の斜め後ろに立つと、蒼白な顔で大刀を振り上げる。一呼吸置いて、

「御免！」

白刃が斜めに振り下ろされた。

8

「とうとう、降ってきたな。いよいよ、梅雨入りか」

障子窓の隙間から外の闇を見つめて、右近が言った。座敷から洩れる明かりに照らされて、小糠雨《こぬかあめ》が無数の銀糸のように見える。

「明朝、深雪殿が出立《しゅったつ》するまでに、やめばよいがな」

右近と深雪がいるのは、和泉屋の二階座敷である。町奉行所の検屍《けんし》や仇討ち許可状の確認、伊吹慎吾の遺体の処理、川越藩江戸屋敷への挨拶など、諸々の手続きが済んで、ようやく旅籠に帰りついたのは、戌《いぬ》の上刻《じょうこく》――午後八時過ぎであった。

右近は立会人として町奉行所の同心に自分が見たままを話したが、川越藩の者には会わないようにした。

旅籠に帰った三人は風呂に入ったのだが、疲労困憊した彦助は、夕餉《ゆうげ》も摂《と》らずに廊

下の向かい側の座敷で眠っている。

右近と深雪は、遅い夕餉の膳を前にして、静かに飲んでいるのだった。

「秋草様」

酌をしながら、深雪が言う。

「聞いていただきたいことがございます」

「うむ。何かね」

「私は、伊吹慎吾についての報《しら》せが来るのを待つ間、何か逐電先の手がかりはないかと、自分でも色々と城下で調べてみました。その時に聞いた居酒屋の主人の話が、気になってならないのでございます」

「どんな話だ」

「その居酒屋は、床上げの祝いのあった屋敷から我が屋敷への帰途の途中で、兄が斬られた場所の一町ほど手前になります。また、伊吹殿の屋敷へ帰る途中にもなります。そこで、兄の謙太郎にからまれた伊吹殿が、一人で飲んでいたというのです」

「つまり、飲み足らなかったのか、謙太郎殿のことが腹に据えかねたのかはわからぬが、自分の屋敷へ戻る前に、そこで飲み直しをしていたわけだな」

「そうだと思います」深雪も頷いて、

「それまでは、伊吹殿が先に帰り、兄が後から帰った。だから、伊吹殿が兄を待ち伏せして闇討ちにした――と考えられていました。ですが、もしも、帰宅途中の兄が、居酒屋で飲んでいる伊吹殿を見つけたのだとしたら……」

「闇討ちしようとしたのは、兄の謙太郎殿だったといわれるのか」

「わかりませんっ」

佐久間深雪は、膝の上で拳を握りしめた。

「血を分けた妹として、そんなことは考えたくもないのですが……酒が入った時の兄は、普段とは別人でございました。それに、伊吹殿の腕前を考えれば、本当に待ち伏せしていたのなら、自らが手傷など負うこともなく、一刀の下《もと》に兄を斬り倒していたはずです」

「伊吹に訊きたかったのは、そのことか」

「はい。私は、これまで、それらのことを自分の妄想に過ぎないと思うようにしていました。しかし、今日、伊吹殿に会って、あの立派な潔《いさぎよ》い自害の様子を見て……本当は兄が……」

「深雪殿」

右近は銚子を差し出した。深雪が盃を手にすると、そっと注いでやる。

「根っからの悪党、白無垢《しろむく》の善人というのは、存外、少ないものだ。人は誰しも、良いところと悪いところを持っている。その悪いところが、何かの拍子に頭をもたげることを、『魔がさす』と言うのだな」

「…………」

「伊吹慎吾が謙太郎殿を斬ったのは己《おの》が身を守るため、逐電したのも、同輩を斬った以上、咎《とが》めは免《まぬが》れぬと考えたから——と考えることはできる。だがな、こうも考えられるぞ。その夜、伊吹は魔がさしていた。謙太郎殿を斬って逐電してから、関八州を逃げまわる内に、次第に犯した罪を悔やむようになって来た。その上、自分の軀に病魔が巣くったのに気づいて、困っている裏長屋の住人たちを助け、深雪殿に潔く討たれようとした……」

「…………」

「つまりな、わからんということさ」

右近は微笑んだ。

「謙太郎殿も伊吹も、すでに、この世の者ではない。ならば、生きている者が、真相はどうだったのか——と悩み煩《わずら》うのは、意味がないではないか。そなたは、立派に仇討ちを成し遂げた。伊吹は立派に死んだ。それでよい、それでよいではないか」

それから、右近は男装娘の顔を覗きこんで、

「それでも得心《とくしん》がゆかねば、国許《くにもと》の道場で一心に木刀を振るうことだ。そのうち、きっと、何か悟るところがあるよ」

「――はい」

少しだけ微笑して、深雪は、きゅっと盃を干した。熱い吐息を洩らしてから、潤んだ瞳で右近を見つめて、

「右近様。わたくしは……あの……女として、どうでございましょう」

「最初に会った時はともかく、今の深雪殿は、兵法者《ひょうほうしゃ》としても、女としても、すこぶる端麗だと思っている」

十八娘の顔が、紅《べに》で染めたように真っ赤になった。蚊の泣くような細い声で、

「では……その……女として扱ってくださいまし」

「…………」

右近は立ち上がった。窓の障子を閉じると、深雪の脇に座る。深雪は、崩れるように、彼の広い胸に身を投げかけた。

「深雪殿」

「いや……深雪と呼んで」

彼女の吐く息は、火のように熱かった。

およそ四半刻《しはんとき》ほどして――右近は、佐久間深雪が生娘《きむすめ》だったことを識《し》った。

9

翌朝は、夜半の雨が嘘だったかのように、晴れ渡った。本格的な梅雨入りは、まだ少し先らしい。

右近は、深雪と彦助を板橋の手前まで送って行った。板橋の手前から街道が二つに分かれて、右へ行けば中仙道、左に行けば川越街道だ。長さは十二里。

「右近様、お世話になりました」

「うむ。二人とも元気でな」

型通りの挨拶をしてから、深雪が、つ……と右近の耳に唇を近づけて、

「まだ、わたくしの中に、右近様が入っているようです」

そう囁《ささや》きかけた男装娘の顔は、女としての恥じらいと誇りで、うっすらと紅潮していた。

――それから十日ほど後の夜、川越藩江戸屋敷の勘定方を勤める松村伊織という武士が、通りがかりの深編笠の大柄な浪人者に、いきなり川へ叩き込まれるという事件が起こった。

大小を川底へ落としながらも、何とか散々な姿で、伊織は岸へ這い上がることができた。

しかし、その浪人者に見覚えはなく、恨まれるような理由も全く思い当たらないという。

その浪人者の素性は、ついにわからなかった。

第四話　夏の音

1

暑い。

陽が落ちてから一刻《いっとき》はたっているというのに、昼間の熱気が夜の江戸の底に澱《よど》み、まるで着物を着たまま風呂につかっているようだ。

半月ほど前に梅雨が明けてから、ずっと、風のない蒸し暑い日が続いているのだ。

（やれやれ……）

耳障りな音を立てて飛んで来た蚊を、着流し姿の秋草右近は、ひょいと親指と人差し指で摘《つま》んだ。

それを柳の幹に押しつけて始末すると、垂れ下がってる柳の葉で指先をこすり、汚れを落とす。

（これで何十四目かな。流行《はや》らない観世物《みせもの》小屋の幽霊じゃあるまいし、こうやって一晩中、殺生を重ねながら柳の木の下に突っ立っているというのも、芸のない話だ）

右近が立っているのは、小石川薬園と氷川神社の間にある網干坂を登り切った角である。賄組屋敷の塀を背にして、角から三軒目の屋敷の表門を見張っているのだった。

百石級の御家人《ごけにん》の屋敷である。

戌《いぬ》の中刻《ちゅうこく》——午後九時ごろだ。

「今夜は無駄骨かな……」

右近が、そう呟いた時、門の潜《くぐ》り戸《ど》が静かに開いた。右近はそっと、柳の幹の蔭に身を隠す。

潜り戸から出て来たのは、三十過ぎの武士であった。

その武士は、門の中にいる中間《ちゅうげん》から提灯を受け取る。気難しそうな細長い顔が、その灯に照らされた。

この屋敷の住人、芥川徳太郎《あくたがわとくたろう》だった。

中間に何か言ってから、芥川徳太郎は通りへ出た。そして、供を連れずに一人で、御薬園前通りを東へ向かう。

十分に距離を置いてから、右近は足首を殺して、徳太郎の後を尾行《つけ》る。

夜更けの、他に人けのない通りではあるが、こちらは無灯火で相手が提灯を持っているから、尾行は楽なものだ。それに同じ暑いのでも、所在なく突っ立っているよりは、歩いていた方が、気がまぎれる。

徳太郎は突き当たりを右に折れて、御殿坂を下る。そして、無量山伝通院の裏門の方へと向かう。

足の運びは一定で、こちらの尾行に気づいた様子はない。暑さしのぎの散歩などではなく、明確な目的を持っている人間の歩き方であった。

黄色い半月の下――徳太郎が、小石川大下水に架かる源覚寺橋を渡ろうとした時、異変は起きた。

橋の向こう側から、三つの黒い影が徳太郎に走り寄って来たのである。

「な、何者だっ」

それは、頭巾で顔を隠した三人の武士であった。

「問答無用！」

三人は一斉に抜刀する。徳太郎も、あわてて提灯を捨てて、腰の物を抜いた。

が、中央の刺客《しかく》に、苦もなく払い落とされてしまう。

「死ねっ」

左右の刺客が、同時に斬りかかった。その時、

「――――っ!!」

源覚寺の半町ほど手前にいた右近の喉から、凄まじい気合が迸《ほとばし》った。間近に落雷があったかのように、橋の上の四人は、少しの間、その場に硬直してしまう。

その隙に、右近は源覚寺橋に駆けつけた。

「ご助勢つかまつるっ！」

そう叫んで大刀を抜きざま、左側にいる刺客の刀を一撃する。そいつの刀は、鍔元《つばもと》から折れて吹っ飛んだ。

「わっ」

右側にいた刺客は、藻掻《もが》くような動作で、右近に刀を向ける。右近は無造作に踏みこんで、横薙《よこな》ぎにした。

こいつの刀も鍔元から折れ、弧を描いて飛ぶと、大下水に落ちる。

二人の覆面の刺客は、何が起こったか理解できないまま、唖然《あぜん》としていた。が、真ん中の背の高い刺客は、静かに刀を正眼に構えた。

「お主……やるな」

「ああ、やるよ」右近は、にやりと嗤《わら》う。

「お前さんも、かなり遣うようだが、ここで斬り合うのは少し不利じゃないかね」

「なぜだ」

「あれが聞こえんのか」

橋の近くの家々に灯《ひ》がともって、表戸を開ける音がする。先ほどの右近の気合に驚いた人々が、何事かと外へ出ようとしているのだ。

「そらそら、野次馬が集まってくるぞ。こっちは降りかかる火《ひ》の粉《こ》を払っているだけだから、町方の役人を呼ばれても大威張りだが、この暑いのに覆面までしているお前さんたちは、そうはいくまい」

「ちっ」

その刺客は後退《あとずさ》りして、納刀した。

「お主の顔は覚えておくぞっ」

捨て台詞《ぜりふ》を吐くと、仲間を促して走り去る。

「危ういところをお助けいただき、お礼を申し上げる。拙者、小石川薬園預《あずかり》役《やく》の芥川徳太郎と申します」

刀を拾った徳太郎は、律儀に頭を下げた。

「お見かけ通りの素浪人、秋草右近という者です。ご無事で何よりでした」

通りに出て来た人々の方を、ちらりと見てから、右近は、

「どうです、お近づきの印《しる》しに、そこらで一杯？」

2

七百石の旗本の息子・近藤新之介が、嬬恋稲荷の差し向かいにある右近の家へやっ

て来たのは、今日の午後のことであった。連れがあった。

「おじ様、お邪魔ではありませんか」

「何の。天下御免の浪々の身、泥の中の亀のように退屈しておったところです」

温和で利発そうな十二歳の新之介の顔を見ると、右近は、頬が自然と弛んでしまう。

この新之介、実は、右近の本当の子なのである。事情があって、父子《おやこ》の名乗りはしていないから、新之介の方は、右近を只の親切な浪人としか思っていないのだが。

「こちらは、昌平坂学問所の同輩で――」

「お初《はつ》に、お目にかかります。小石川薬園預役芥川徳太郎の子で、良平と申します。お見知り置きくださいまし」

前髪を落として綺麗に月代《さかやき》を剃った若者が、礼儀正しく頭を下げる。

「やあ。ご丁寧な挨拶、痛み入る。拙者は、ご覧の通り、秋草右近という素浪人です。よろしく」

新之介より三歳年上の芥川良平とは、初見《しょけん》ではないのだが、右近は愛想よく、そう言った。

二ケ月ほど前――新之介は、千八百石の大身旗本の息子・相良和馬に挑まれて、やむなく護持院ケ原で決闘をした。

その時、立会人を務めたのが、この芥川良平なのだ。新之介が心配で護持院ケ原に駆けつけた右近は、草叢の蔭から成り行きを見守っていたので、当然、良平の顔も見ていたのである。

後で新之介が話したところによると、良平は百石取りの御家人の長男で、学問所に通う子弟の中では身分が低い方だが、成績優秀で篤実な人柄ゆえ、皆から一目置かれているのだという。

武芸が不得手だというのに、真剣を用いた決闘の場で一歩も退《ひ》かなかった新之介の勇気に、良平が感心して、二人は親しくなったのだそうだ。

こうして間近で見ると、芥川良平は清々しい印象の若者で、これなら〈我が息子〉の学友として安心だ——と右近は胸の中で呟く。

ただし、その眉が、わずかに曇っているように見えるのは、どうした訳か。

「何もございませんで、粗茶ですが、どうぞ」

お蝶が、お淑《しと》やかな態度で茶を淹《い》れて来た。

十九歳のお蝶は、以前は〈竜巻お蝶〉の渡世名《ふたつな》で有名な掏摸《すり》——懐中師《ふところし》ともいう——の名人だったが、右近に惚れてからは、改心して足を洗った——ことになっている。今は、三日に上げず右近の家へ通っている、いじらしいお蝶であった。

「どうも。——奥様でいらっしゃいますか」

「えっ」

お蝶は大きく目を見開いて、良平を見つめ、それから右近の方を向いた。双眸《そうぼう》が、ぎらぎらと輝いている。

「いや、あの……」

右近が、一口では言えない彼女との関係を何とか説明しようとした時、

「はい、はいっ、そうなんですよォ！　あたし、右近の家内でございます、よろしく」

お蝶は、ぱしっぱしっと右近の腿《もも》を叩きながら、嬉しそうに言う。

「さすがに、学問所に通ってらっしゃる秀才のお武家様は眼力が違いますねえ、ほほほ。あの、ちょいとそこらで、お茶菓子なんぞ買って参りますから、どうぞ、ごゆっくりなすってくださいまし。おほほほほ、ほ」

異様に燥《はしゃ》ぎながら、躍るような足取りで、お蝶は出て行った。

「明るい奥様ですね」

「あ？　ああ……うん、陽気な性格でなあ……」

右近は、こめかみを掻きながら、そう言った。それから、表情を改めて、

「ところで、ご両君《りょうくん》、本日は何用かね。どうも、良平殿は悩み事をかかえておられるようだが」

「はっ、恐れ入ります」芥川良平は頭を下げた。

「正直に申しまして……ここに参るまでは、ご相談したものかどうか、迷っておりま

したが……今は、是非とも秋草様に聞いていただきとうございますっ」

「承りましょう。拙者のような者で、お役に立てるかどうかわからぬが」

湯呑みを手にした右近は、ゆったりと微笑する。

「実は……わたくしの父のことで」

「お父上が、どうされました」

「口にするのも汚らわしいことですが、外に女人《にょにん》を囲っているらしいのです」

「うっ」

危うく、右近は、口の中の茶を吹き出しそうになった。

離別した妻と十数年ぶりに再会した途端、焼け棒杭《ぼっくい》に火がついてしまったり、この前も、お蝶という決まった女がいながら、男装の娘剣士の純情にほだされて関係してしまった右近である。とてもではないが、他人の浮気に意見できる身分ではない。

「どうか、なさいましたか」

「いや……で、なぜ、そう思われるのかな」

茶を飲み下した右近は、仕方なく、もっともらしい顔つきで先を促す。

「はい。我が芥川家は、八代様の時代に仰せ遣って以来、代々、小石川御薬園預役を世襲しております。父の徳太郎で四代目、謹厳実直として知られる父は、真面目すぎるほど真面目に、お役を勤めて参りました。ところが――」

一ケ月ほど前から、夕餉《ゆうげ》の後に外出するようになったのだという。

それも毎夜のことで、帰宅は深夜。しかも、芥川徳太郎は正月の屠蘇《とそ》以外は一滴も酒を飲まない下戸《げこ》だったのに、微醺《びくん》を帯びて帰って来たことも一度や二度ではない。

しかも、脂粉の匂いまで漂わせている始末だ。

それだけではなく、妻の和枝《かずえ》に無理を言って、何度も金を作らせているのだ。

「ご存じでしょうが、俗に『百俵六人泣き暮らし』といわれるように、我らの暮らしは楽ではありません。ですが、代々、質素倹約を旨としてきた我が家には借財もなく、幼い妹の和実《かずみ》を合わせて親子四人、これまで何とか、武士としての体面を失わずに過ごして参りました」

小まめに繕《つくろ》った跡のある袴を穿いた良平は、無念そうに言う。

「それなのに……父の突然の遊興のために、母は、嫁入りの時に持って来た着物も道具も全《すべ》て質入れしてしまい……それでも足りずに、親戚から借りてまで父の遊興費を都合しております」

良平は、母親に父の遊興を止《や》めさせるべきだと言ったが、和枝は黙って首を横に振るばかり。思い余って、良平は父に直接、「夜遊びはお控えください」と意見した。

が、徳太郎は「子が親のすることに口を出すな」と一喝《いっかつ》し、その夜も出かけて行ったのである。

「母から、親戚の者にも父のことは相談してはいけないと止められているのですが、このまま両親が不幸になるのを子として傍観しているわけにもいかず……新之介殿の勧めで、こうして参った次第です」

「なるほど」

「教えてください、秋草様。どうしたら、父の放埓《ほうらつ》な振《ふ》る舞《ま》いを諌《いさ》めることができましょうか」

「ん……うむ、そうですなあ」

たかが一月ばかりの夜遊びくらいで、そんな大騒ぎをしなくても——と思うのは、自分が勝手気儘《きまま》な浪人暮らし、萬《よろず》揉《も》め事《ごと》解決屋をしているからだろう。慎《つつ》ましく生きている御家人一家にとって、主人の遊興は、たしかに生活の全面的な崩壊を招きかねない。

(だが、真面目だった奴の中年になってからの女遊びは、質《たち》が悪いからな。暴れ者を退治してくれと言われる方が、よっぽど簡単だよ。さて……)

右近は少し考えてから、

「良平殿。軍略の第一は、敵情を正確につかむことです。まずは、父上が何処《どこ》へ出かけて、どんな女と遊んでいるのか、それを探ることですな。しかるのちに……」

「ではっ」と新之介が身を乗り出す。

「おじ様が、芥川様の尾行をしてくださるのですねっ」

「は？」

「だから言ったでしょう、良平殿。秋草のおじ様なら、必ず何とかしてくださるって！」

「うんっ」

手を取り合って喜ぶ二人を見ていると、右近は、「違う」とは言えなくなった。

「わかりました。とりあえず、今夜、芥川殿を尾行《つけ》てみましょう」

――そういうわけで、秋草右近は御家人屋敷の前で張り込み、謎の刺客から芥川徳太郎を救うことになったのである。

「さ、さ。芥川殿、もう一献《いっこん》」

源覚寺橋の近くの居酒屋に入った右近たちは、隅の卓に陣取った。下戸のはずの徳太郎であったが、右近が酌をしてやると、礼儀正しく杯を干した。

「ところで、先ほどの奴らは何者ですかな」

「さあ……辻斬りの類《たぐい》ではありませんか」

気難しげな顔を、さらに難しげにして、徳太郎は言った。ただし、嘘を上手につけるような人間ではない。心当たりがある――と顔に書いてあった。

「しかし、あの者たちは、問答無用でお手前に斬りかかったようだ。最初《はな》っから、お手前の素性を知っていて、あそこで待ち伏せしていたんですよ。命を狙われるような覚えは、ありませんか」

「一向にござらん」

徳太郎は、顴骨《かんこつ》の高い顔を頑固に左右に振った。

あの涼しげな顔立ちの良平と全く似ていないな、良平は母親似なんだろう——右近は思った。

（いや、考えてみれば、新之介だって俺には似てない。母親の八重にそっくりだ。男親なんて、つまらんもんだな……）

だが、今はそんな感慨に耽《ふけ》っている場合ではない。右近は、わざと軽薄な口調で、

「私は実は、岡場所で遊んで来た帰りなんですがね。芥川殿も、遊女買いの帰りですか」

「いや……」

「そうか、御薬園は逆方向でしたな。すると、今からご清遊というわけですか。女ですか、それとも、賽子《さいころ》の方で？　良い穴場があるのなら、ぜひ、私も連れて行ってくださいよ」

がたんっ、と空樽の椅子を鳴らして、徳太郎は立ち上がった。酢を飲んだように、顔をしかめている。

「秋草殿。危難を救っていただいたことは、改めてお礼申し上げる。ですが、貴殿と

拙者では、いささか生き方が異なるようです。これにて、お別れいたそう」

「で、どちらへ」

「どちらでもない。屋敷へ帰るだけです。では、御免《ごめん》」

怒気も露《あら》わに卓の上に代金を置くと、芥川徳太郎は、さっさと居酒屋を出て行った。

足音が確かに小石川薬園の方へ向かっているのを聞きながら、右近は、手酌で杯を満たす。

（あの怒り具合、あの真面目すぎる人柄、そして、三人の刺客……どうやら、女遊びなんていう生易しい話じゃなさそうだな）

3

「うまいっ。ここの白玉はうまいですね。右近の旦那」

岡っ引の左平次は、そう言いながら何度も頷く。

「親分は、呑《の》ん兵衛《べえ》のくせに甘党かね」

「言われてみると、確かにそうですな。酒も饅頭も、両方ともいけます」

「井戸で冷やした麦湯と白玉もいいが、やはり、胸元に涼しい風が欲しいな。こう暑くては、やりきれん」

翌日の昼——右近と左平次がいるのは浅草広小路にある掛け茶屋で、葭簀《よしず》の蔭の縁台に座り、行き交う参詣客を眺めているのだった。

陽射しはたぎるようで、往来を歩いていると、七輪《しちりん》で炙《あぶ》られているような気がする。

「そうですね。うちの軒先にビードロの風鈴が下げてありますが、買ってから十日もたつのに、ちりんとも鳴りやがらねえ。昨日なんか、頭にきたんで、『こいつは出来損ないだから、今度、風鈴売りが来たら、代金を返してもらえっ』なんて、女房を怒鳴りつけちまいました」

「そいつは、おかみさんが災難だったな」

右近は、店から借りた団扇《うちわ》を使いながら、

「ところで、親分。実は昨日——」

芥川良平が相談に来たことから刺客のことまで、さらりと説明する。白玉を喰いながら、左平次は黙って話を聞いていたが、

「ははあ……わざわざ覆面までした三人組の侍ですか。しかも、浪人じゃなくて、主持ちの侍らしいんですね。旦那、これは、筋の悪い女に引っかかったとかいう色っぽい話じゃ、ありませんね」

「親分も、そう思うか」

「その芥川というお侍、小石川薬園預役とおっしゃいましたね。お役目絡みの揉め事

かな」

小石川薬園は、白山神社の西南にある。元は麻布にあったが、貞享元年に、この地に移された。

享保六年、八代将軍吉宗《よしむね》は南町奉行・大岡越前《おおおかえちぜん》に命じて、薬園を四万四千八百坪に広げ、翌年、その中に一千坪の施薬院を作らせた。武士と町人の区別なく、貧窮《ひんきゅう》した病人の治療入院のための施設で、俗に〈小石川養生所〉と呼ばれている。

小石川薬園預役は、小石川薬園奉行の下にあって、薬園の実質的な監督を務めるものだ。その下には、薬園同心が二名、薬園荒子《あらしこ》が十一人いる。

養生所で用いられている様々な薬は、薬園で栽培された薬草が主であることは言うまでもない。

「とにかく、俺は、昨日で面《めん》が割れてしまったのでな。それで――」

「へいっ、承知しました」

左平次は、にやりと笑う。

「今夜から、うちの若い者を芥川様のお屋敷前に張りこませて、出て来たら尾行させますよ。あっしらは旦那と違って、三人組の刺客を叩きのめすことは出来ねえが、顔を隠しているくらいだから、呼子《よぶこ》を吹いて騒ぎ立てたら、そいつらも無茶はできねえでしょう」

「うむ。芥川の大将も、昨夜のことがあるから、軽々しく出歩いたりしないとは思うが」

「それにしても、芥川様は源覚寺橋を渡って、どこへ行こうとしていたんですかね」

「そいつがわかると、話が早いのだが……口の堅い御仁《ごじん》でな」

右近が麦湯を飲み干した時、

「あっ、いたいたっ」

けたたましいほどの声を上げて、お蝶が駆け寄って来た。

「捜したわよ、旦那。家にいないんで、この炎天下をうろうろしちゃった。あ――っ、暑かった」

「お蝶。お前、昨日から様子がおかしいぞ。やたら、陽気になって」

「あら、そう?」とお蝶。

「おっと、忘れるところだった。お糸《いと》ちゃん、こっちこっち」

手招きされて近づいて来たのは、十六、七の美しい娘であった。綺麗に結い上げた髪や化粧から、堅気でないことは一目瞭然だが、まだ、素人っぽさを残している。

「下谷の〈弥勒《みろく》〉って料理茶屋で仲居をしている、お糸ちゃんよ」

「初めまして――」

「せっかく別嬪《べっぴん》と話をするのに、こんな往来際では艶消《つやけ》しだな。おい、親爺《おやじ》、奥を借りるぞ」

　四人は、切り落としの小さな座敷へと移動した。

「ここは涼しいわね。あっ、この白玉、美味《おい》しい……じゃなかった、あのね、旦那。お糸ちゃん、困ってることがあるのよ」

「付文《つけぶみ》の山をどう処分するか、かね。冬なら焚火《たきび》もいいが、この暑さじゃなあ」

「茶化さないでよ、真面目な話なんだから」

　お蝶は、丸太のように太い右近の腕を叩く真似をして、

「ひどい客がいるんだって。お糸ちゃんに岡惚《おかぼ》れして、無理矢理にでも身請けして妾《めかけ》にするって迫ってるの」

「ほほう、野暮な奴だな。しかし、そういう客を上手くあしらって店に通わせるのも、茶屋勤めの才覚じゃないかね」

「普通のお客さんなら、そうなんですが……」

　お糸は不安そうに言う。

　この接待稼業の色に染まり切っていない素人っぽいところが、逆に、男たちの心を惑わすのではないか。

「相手が、お旗本なもので」

「なんだい、その野暮天は直参《じきさん》か」

「はい。人参改方《にんじんあらためかた》をなさっていて、二百石、小倉矢左衛門《おぐらやざえもん》様とおっしゃいます」

「人参改方……たしか、朝鮮人参の販売を統括しているのだったな」

朝鮮人参は、漢方で使われる薬用人参の総称だ。唐土《とうど》と朝鮮半島の原産で、初めて日本へ輸入されたのは、聖武《しょうむ》帝の時代——天平年間といわれている。

江戸時代になってからは、朝鮮貿易を独占している対馬藩のみが扱う、高貴薬であった。

八代将軍吉宗は、高価な人参の輸入によって大量の銀が国外へ流出することを憂慮し、その国内自給を計画した。

そして、天領の日光、下総の小金町薬園、江戸では小石川薬園、駒場薬園などで栽培が始まったのである。九代将軍の家重に代替りする頃には、国産薬用人参は〈和人参《わにんじん》〉として江戸で売り出されるようになった。

十代将軍家治の時代——宝暦十三年には、田沼意次《たぬまおきつぐ》によって、神田紺屋町に国産人参の専売機関である朝鮮人参座が設けられた。

が、家治の死去によって田沼意次が失脚すると、田沼憎悪に凝り固まった老中松平定信は、自由価格にして値段を下げるという名目で、朝鮮人参座を廃止した。

代わって、飯田町の人参製法所が国産人参の販売を行なうことになったのである。

人参改方とは、この人参製法所の総責任者なのだった。

もっとも、朝鮮人参座をなくしても、薬用人参の値段が下がることはなかったが……。

なお、奇人として知られる博物学者の平賀源内《ひらがげんない》は、宝暦の大火の時、脈も止まりかけた瀕死の少年に人参を服用させて、見事に回復させたという。

「その小倉って旗本野郎は、いつも、お糸ちゃんを座敷から退《さ》がらせずに、隙を見ては何度も押し倒そうとするんですって。これも商売だからと思って、お糸ちゃんは笑って逃げるんだけど、その手口が、どんどん荒っぽくなるのさ。でも、金離れの良い上客だから、店の主人も強いことが言えないの」

「しかも、この頃では、百両という大金で、あたしを身請けしたいと……お店に前金がなかったのが幸いで、もしも前借りがあったら、断れないところでした」

「お糸ちゃんには、木場《きば》の若い衆で勘次《かんじ》さんって許婚《いいなずけ》がいるのよ」

「まあ、お蝶姐《ねえ》さん……いやっ」

お糸は、耳まで真っ赤になった。

これは、まだ、生娘《きむすめ》かも知れんな――と右近は微笑《ほほえ》ましい気分になる。

「それなのに、旗本野郎は許婚があるのを知っていて、お糸ちゃんを妾にしようとしてるんだから、厭《いや》らしいじゃないか。ねえ、旦那、お・ね・が・い」

お蝶は、小娘みたいに可愛く両手を合わせる。

「そいつは、よく店へ来るのか」

「月に三、四回は。実は、今日も予約が入ってるんです」

すがりつくような表情で、お糸が言った。

「面白い」右近は白い歯を見せる。

「その助兵衛旗本の面《つら》を、とっくりと拝ませてもらおうじゃねえか」

4

「ひどい……」

豊かな胸を波打たせながら、女は、かすれた声で言った。

「ひどいわ、お侍様ったら……あたしゃ、もう、頭の中が真っ白になっちまいましたよ」

「そいつは済まなかったな。お前さんが、あんまり可愛い顔で哭《な》くもんだから、つい荒っぽくなっちまって」

手酌で飲みながら、右近は言った。

女は出窓にもたれかかるようにして、膝を乱している。この弥勒の仲居で、お島《しま》という年増女だ。

右近は、この女の着物や下裳《したも》をまくり上げて、背後から逞しく責めたのであった。髷《まげ》が崩れたら困ると、お島が、この体位を要求したのである。

「ね……」

汗に濡れたほつれ毛を撫で上げながら、お島は、胡坐《あぐら》をかいた右近にもたれかかる。右の袂に紅が付いているのは、歔欷《きょき》の声を押し殺すために、袂を咬《か》んでいたからだ。

「あたしも喉が渇いちまった」

蕩《とろ》けるような眼差しで言う。

右近がその口元に杯を運んでやると、幼女のように首を左右に振った。そして、目を閉じて唇を突き出す。

女の願いを察した右近は、杯の酒を口に含むと、お島に唇を重ねて、それを流しこんでやる。

「ああ、美味《おい》しい……お侍様って憎たらしい人ね。あたし、お客様と座敷でこんな真似したことないのよ。それなのに、あんな強引に……」

「お島さんが綺麗すぎるからだよ」

俺の膝前を割って手を差し入れてきたのは、そっちの方だが——と右近は胸の中で苦笑する。

「だが、お前さんほどの美人に言い寄る男がいなかったとは、よほど客筋が上品な店なんだな、ここは」

「お客様も色々よ。ねちっこく言い寄る人もいるし……一杯飲んだだけで真っ赤になって、何が面白いのか、むっつりと黙りこんだままの人もいるし」

「ほう、そんな変わり者もいるのか」

「そうよ。頬骨の尖った気難しそうな顔のお侍なの」

「ふうん」

さりげなく、その武士の詳しい人相風体を聞き出して、右近は驚いた。どう考えても、それは芥川徳太郎である。

(あの大将は、ここへ通っていたのか。だが、何のために……？)

それも大事なことだが、今夜は、別の用件があるのだ。

「ところで、さっき後架《こうか》へ行った時に見たのだが、奥の座敷で派手に遊んでいる客がいるな」

「ああ、小倉様でしょう。お旗本よ、人参改方とかいうお役目の」

「それなら、二百石かそこらだろう。それにしちゃあ、賑やかなようだが」

「薬種問屋の嘉納《かのう》屋さんがご一緒ですからね」

なるほど、薬種問屋が人参改方を接待しても不思議はない。

「あら、いつまでも帰らなかったら、変に思われちゃうっ」

お島は、あわてて身繕いをすると、近くに落ちている丸めた桜紙を拾って袖に入れた。

「ね、まだ居てくれるんでしょ。後で、また来ますから」

「おう、待ってるぜ」

お島の足音が遠ざかると、右近は、酒を飲み干して大刀を手にした。そして、廊下へ出ると、庭下駄を履いて中庭へ下りる。

奥の座敷は、中庭を挟んで反対側にあるのだ。右近は、音もなく庭を横切ると、植えこみの蔭から、座敷の様子を窺う。

と、鳴物《なりもの》が止んだ。

見つかったのかと右近は緊張したが、そうではない。芸者や幇間《ほうかん》たちは、嘉納屋と思われる中年の商人に祝儀を貰って、座敷を出て行った。

そして、その嘉納屋も、小倉矢左衛門に挨拶をして出てゆく。座敷に残ったのは、矢左衛門と仲居のお糸だけであった。

矢左衛門は、三十前のでっぷりと太った男である。分厚い唇が、いかにも好色そうな印象だ。

二人だけになると、矢左衛門はお糸の手を引き寄せて、いきなり、のしかかった。

「やめてっ、やめて下さいっ」

「よいではないか、わしのものになれ」

抗う娘を組み伏せ、矢左衛門は男の醜い本性を露《あら》わにして、花のような唇を奪おうとする。

「騒いでも無駄だ、ここには誰も近づかぬようにと言いつけてある。いい加減で観念せいっ」

「――おい」

予想もしなかった声を背後に聞いて、矢左衛門は、お糸から飛びのいた。振り向くと、廊下に庭から上がった右近が、うっそりと立っている。

「無礼なっ！」

「嫌がる女にのしかかるのは、無礼ではないのかね」

「何だとっ」

肥満体の割には素早い動きで、矢左衛門は刀掛けの大刀をつかんだ。その隙に、お糸は着物の乱れを直しながら、座敷の隅へと逃げる。

「貴様、何者だっ」

「俺の名は、秋草右近。お見かけ通りの素浪人だ。酔いざましに庭を歩いていたら、見かけたのが、あまりにも無体《むたい》な狼藉《ろうぜき》、放っておけなくてな」

「黙れっ」

立ち上がった矢左衛門は、大刀を抜き放った――と思った瞬間、き――んっと甲高い金属音がした。鍔元から折れた刃が、天井に逆さに突き刺さる。

目にも留まらぬ速さで抜かれた右近の肉厚の鉄刀《てつがたな》が、相手の刃を叩き折ったのだ。

「ば、馬鹿な……」

矢左衛門は、鍔と柄だけになってしまった自分の大刀を見つめて、啞然となった。脇差を抜く気力さえ、失せたようである。

その鼻先に、右近は鉄刀の切っ先を突きつけ、芝居がかった口調で、

「さて――真っ向う唐竹割りにするか、それとも真一文字に胴を薙《な》ぐか、はたまた、あっさりと首を落とすか。さあ、どれにするかね」

「ま、待て……いや、待ってくれ。金なら出す、金を出すから、命だけは助けてくれ」

「俺は強盗でも辻斬りでもないから、金などいらん。刃《やいば》を向けた奴を生かしてはおけんだけだ」

「そう言わんで、何でもするから助けてくれっ」

矢左衛門は泣きそうになった。

「何でもする……か。お前さんの名は」

「小倉…矢左衛門……」

「そこの娘さんは、何というのだ」

「は、はい……糸と申します」

お糸は芝居ではなく、震えながら言う。

「よし、お糸さん。そこの違い棚に硯《すずり》と筆があるようだから、取ってくれ」

右近は、矢左衛門に命じて、二度とお糸に不埒《ふらち》な真似はしない——という誓約書を書かせて、血判まで押させた。

「もしも、誓いを破ったら、こいつを日本橋の高札場に貼り出すぜ」

「わかった、誓いは違《たが》えぬ」

悔しそうに矢左衛門は言う。

(もう一押し、しておくか……)

右近は、どんっと足踏みした。天井に刺さっていた刃が落ちて、反転して畳に突き刺さる。

「ひゃあっ！」

刃が頬をかすめた矢左衛門は、だらしなく腰を抜かしてしまった。

「長生きしろよ」

右近はお糸を連れて、座敷を出た。

5

芥川徳太郎の屋敷の門の前に、番士がいるわけではなかった。

ただ、斜め十字に組んだ青竹を門に打ち付けられているだけである。

「閉門《へいもん》なんていっても、大したことはねえ。あれなら、潜り戸から入れますぜ」

声をひそめて、左平次が言った。

「やろうと思えば、できる。潜り戸だけでなく、裏門からでも出入りできる。できるが……閉門を言い渡された以上、それをやらないのが、侍稼業の辛いところさ」

「そういうもんですか」

「そういうもんだよ。さて――」

右近は周囲を見回して、

「あっちの路地へ行ってみよう」

料理茶屋の弥勒で暴れた翌日――ゆったりと朝寝をしていた右近は、左平次に叩き起こされた。

「大変ですよ、旦那。芥川様が閉門になっちまいましたぜっ。昨夜は出かけなかったんで安心していたら、今朝、急に……」

武士の刑罰には、切腹、改易、閉門、蟄居《ちっきょ》、逼塞《ひっそく》などがある。

閉門とは、読んで字の如く門を閉ざし、さらに屋敷の雨戸や窓も閉めきったまま、その中で家族一同が生活しなければならない。下女など奉公人の出入りも、禁止されるのだ。その期間については、五十日と百日がある。

「理由は」

「町方のあっしらには詳しいことはわかりませんが……経費の使いこみがあったとかで、小石川薬園奉行の伊奈兵庫《いなひょうご》様から、正式な処分が出るまで、しばしの閉門を仰せつけられたそうです。ご本人は、一言の釈明もしなかったらしいですよ」

「正式な処分というが、閉門より重いのは改易か切腹じゃねえか。あの堅物の大将が、使いこみなんぞするはずが……いや、違うな」

「違う？」

「一昨日の刺客が失敗したんで、相手は今度は、表攻めときたんじゃないかな」

「すると、刺客を放ったのは、上役の伊奈兵庫様ってことですか」

「うむ。そいつは、大将の口から聞かねえと断言できないが……待てよ」

右近は、はっと気づいた。

「伊奈兵庫と小倉矢左衛門……小石川薬園奉行と人参改方……何だか、話が繋がってきたじゃねえか」

「と、言いますと？」

そうこう話しているうちに、学問所を早退した近藤新之介までやって来て、どうにかして下さいと泣きつかれた。

それで——夜更けになるのを待って、秋草右近は、こうやって、左平次と小石川にやって来たのだった。

「こいつは、枝ぶりの良い松だ。親分、すまんが、踏み台になってくれるか」

芥川の屋敷の塀から路地の方へと松が伸びているのを見つけて、右近が、そう言う。

「へい、こうですか。う……な、なるべく早くお願いします」

簞笥のように逞しい軀つきの右近に背中に乗られて、左平次は歯を喰いしばった。

筋肉の塊のような右近だから、かなり重いのである。

「よし、いいぞっ」

塀の上に乗った右近は、松の幹を伝って、裏庭へ降り立った。池を迂回して、母屋の寝間と思われる部屋の前へ行く。

そして、小石を拾って、その雨戸へと放った。

「——誰だっ」

ことんっ、という音がして、すぐに徳太郎の誰何《すいか》の声がかかったのは、さすがに眠れず、起きていたからだろう。

「芥川殿、拙者だ。秋草右近だ」

「秋草……殿？」

「夜分にすまぬが、薬園奉行のことで大事な話がある。ここを開けてくれ」

「それはできぬ。拙者は閉門の身ゆえ小窓一枚開けることは禁じられておる」

「あなた……」

「お前は口を出すなっ」

妻の和枝を叱る声が聞こえた。

「ちっ」

右近は舌打ちをした。こんな石頭と雨戸越しに話し合いをしていたら、夜が明けてしまう。

大刀から小柄《こづか》を抜いて、それを雨戸の下に突き刺した。そして、雨戸を溝から外した。

「秋草殿っ、無礼ですぞっ」

寝間着の芥川徳太郎は、大刀の鯉口を切った。その傍には、やはり寝間着の女がいる。

妻の和枝であろう。やはり、良平は母親似であった。

「無礼は承知の上だ。お主が閉門を破ったのではなく、俺が勝手に入って来たんだから、文句はあるまい。奥方《おくがた》、どうも申し訳ありませんな」

「いえ……」

着替えのためであろう、頭を下げた和枝は、隣の座敷へ引っこんだ。右近は、雨戸を立てかけると、どっかと寝間に胡坐《あぐら》をかいて、

「刀を抜くのは、そっちの勝手だが、俺の話を聞いてからにしたら、どうだね」

「む……」

徳太郎は不満そうに正座して、大刀を右脇に置いた。

「俺は昨夜、ちょいとした野暮用で、下谷の弥勒って料理茶屋へ行ってな。そこで、人参改方の小倉って役人に会ったよ。小倉は、薬種問屋の嘉納屋の接待を受けていた」

「何っ、嘉納屋だと！」

眼を輝かせて、徳太郎は身を乗り出す。

「真実《まこと》かっ、お主、見たのだなっ」

「ああ、見たよ。この二つの眸《まなこ》でな」

「そうだったのか……むむ」

腕組みをして唸る、徳太郎であった。

「さあ、本当のことを話してくれ。お主が使いこみをするような人間じゃないことは、よくわかっている。俺も多少の想像はつくが、お主の口から今回の事件の真相が聞き

たい」

隣の座敷の人の気配が三人に増えたのを察しながら、右近は言った。

が、徳太郎は口を〈への字〉に曲げて、

「それは言えぬ。拙者のお役目上のことで、お主には関わりのないことだ」

「あんたなあ……」

右近は、伸びた月代《さかやき》を、ばりばりと掻いた。

「杓子《しやくし》定規の石頭も、いい加減にせいっ」

「………」

「お役目大事で、濡れ衣を着せられ不当な処分を言い渡されても、一言の弁解も釈明もせずに服するのも、そりゃあ、見事と言えば見事だ。上役に媚《こ》び諂《へつら》って出世しようとしている輩《やから》に比べれば、武士として遥かに立派なもんだよ。——だがな」

右近は瓦のように角張った顎を突き出して、

「何でもかんでも自分で背負いこんで、自分だけで行動して、あんたは、一度でも家族の気持を考えたことがあるのか」

「家族の気持ち……」

「そうだよ。本当の目的も明かさずに、毎夜、出歩くあんたを見て、奥方も二人のお子も、どれだけ心配したことか。しかも、あんたに求められるままに、奥方は必死で金の工面をした。それを、あんたは、どう思うのだ」

「そうか……お主、一昨夜、偶然に通りかかったのではなく、誰かに……たぶん、良平に頼まれたのだな」

「まあな」

「とにかく、武士の妻なら、夫に尽くすのは当然ではないか」

徳太郎は、強情な表情になる。

「尽くすのは、いいよ。だから、尽くし甲斐があるように、ちゃんと事情を説明してやれと言っているのだ。それが家族ってもんだぜ、芥川さん」

「武士の妻も子も、黙って主人を信じて従っていればよい」

「信じているさ。あんたを信じているからこそ、次の処分は切腹か改易かという不安に苛《さいな》まれながらも、この蒸し暑い夜に、三人とも小窓一枚開けずに、じっと耐えているんじゃないか。健気《けなげ》なもんだ。だが、あんたは、その家族の信頼に、どうやって応えているんだよ」

う……と押し殺した噎《むせ》び泣きの声が聞こえた。妻の和枝であった。

「家族を持たない俺のような気楽な風来浪人が、こんな偉そうなことを言えた義理じゃねえが、皆が心を通わせ合って、楽しいことが二倍に、辛いことが半分になる――それが本当の家族ってもんだろ」

「……」

「俺の家だって貧乏御家人だったから、よくわかる。子供にとって本当に辛いのは貧乏じゃねえ、両親の不和だよ」

右近の真摯な直言は、さすがに、徳太郎の心を動かしたらしい。相変わらず腕組みをしたままだが、その視線は膝頭のあたりにまで落ちていた。

「父親が何のために苦労しているのかを知れば、子供たちも無用に心を痛めずにすむ。そうじゃないのかな」

右近は立ち上がって、がらりと境の襖を開いた。敷居際に、和枝と良平、それに娘の和実らしい幼い少女が座っていた。皆、涙ぐんでいる。

「さあ、芥川さん。何か言うことがあるだろう」

「……」

腕組みを解いた徳太郎は、妻子の方を見た。そして、ゆっくりと両手を畳について、

「みんな、わしのために苦労をかけたな。この通りだ」

頭を下げた。

「あなたっ」

「父上っ」

右近は、しばらくの間、芥川家の四人が手を取り合う様を、じっと見守っていた。

「秋草殿……いや、お前たちも聞いてくれ」

芥川徳太郎は姿勢を改めた。右近も座る。

「わしは、小石川薬園奉行の伊奈兵庫様と人参改方の小倉矢左衛門様が手を組んで、不正を働いているのに気づいたのだ。つまり――」

6

「やっと目障《めざわ》りな奴を始末できそうだな、伊奈殿」

「はい、小倉様。どうも、ご心配をおかけしまして」

伊奈兵庫は、愛想笑いしながら小倉矢左衛門に酌をする。初老の伊奈は、揉み上げに白いものが混じっていた。

それを受けた矢左衛門は、無意識の内に刃がかすめた頬を撫でた。あの素浪人に受けた屈辱は忘れることができない。ほとぼりが冷めた頃に、必ず誓約書を奪い返して叩き斬ってやる……。

「それで、伊奈様。その芥川というお人、どう処分なさるつもりですの」

そう言って、兵庫の杯に酒を満たしたのは、二十代半ばの妖艶な年増女だ。

「ん？　そうだなあ。改易ぐらいで生かしておいては、どんな後難《こうなん》があるか、わかったものではない。折角、奴が経費の使いこみをしたという書類を偽造したのだから、ここは大人しく腹を切ってもらおうか」

「奴が切腹すれば、美代《みよ》は、何の気兼ねもなく伊奈殿と楽しめる訳だな」

「まあ、厭《いや》な兄上……」

「こいつ、おぼこのように赤くなりおったな。ははは、は」

美代は小倉矢左衛門の妹で、伊奈兵庫の愛人なのであった。欲と色とで繋がった、悪党の三角関係というわけだ。

そこは、本郷にある妾宅で、元は札差《ふださし》の寮だった建物である。薬園奉行の役宅は小石川薬園の中にあるのだが、兵庫は、ほとんど毎夜、この妾宅に泊まっているのだ。

三人がいるのは、広い庭に面した座敷だ。隣の座敷には、兵庫の家臣が六人、控えている。

「来月は、いよいよ人参の収穫の月。これで、何の憂いもなく取引が出来るというものですな、小倉様」

「そう、何の憂いもなくな」

二人は大笑する。と、その時、

「――そいつは、どうかな」

庭の闇の奥から、そう声がかかった。

あった。

「あ、あの声は……まさか……」

闇の奥から、ゆっくりと石灯籠《いしどうろう》の光の中に現われたのは、懐手《ふところで》をした秋草右近で
兵庫は誰何したが、矢左衛門は蒼白になって腰を浮かせてしまう。

「誰だっ」


「無礼者っ、ここをどこだと思っているっ」

伊奈兵庫の言葉に、右近は嗤《わら》って、

「小石川薬園で採れた和人参を、朝鮮渡来の人参と偽って売りさばいている悪党の巣だろう。違うかね」

薬園から収穫された和人参は、飯田町の人参製法所に送られる。

そこで、洗浄、蒸熱、天日干しなどの工程を経て完成した製品の内、最上の四割が江戸城へ運ばれ、将軍とその家族のために使用される。残りの六割は、小石川養生所で使われるというわけだ。

ところが、二年前に、伊奈兵庫が薬園奉行に赴任すると、質が低下したという理由で、全体の二割ほどの人参が製法所で廃棄されるようになったのである。

幕府の奨励によって、国産人参の生産量は増大し、武士階級や裕福な商人だけではなく、庶民も人参を服用できるようになった。しかし、いくら国産人参が出回っても、

やはり、患者にも医師にも人気が高いのは、朝鮮から輸入された渡来物の人参であった。

あまりにも渡来物の人気が高いので、幕府は「渡来人参と国産人参に効能の差はない」という触れ書きを出すほどであった。

だが、乱穫が祟《たた》ってか、朝鮮半島でも人参が不足し、ようやく対馬藩が輸入したものも、質の悪いものが多かった。それゆえ、高品質の渡来人参の値段は、鰻上りに上昇していったのである。

これに目をつけた小倉矢左衛門は、伊奈兵庫と嘉納屋富助を仲間に引きこんだ。そして、小石川薬園で収穫された和人参を本物の渡来人参と偽って、闇《やみ》で売りさばいたのである。何しろ原価はゼロであるから、その利益は、三人で山分けしても大金だった。

だが、連作を拒絶するなど、いかに人参が栽培の難しい作物だとはいえ、急に品質が落ちるのは不自然だ——と気づいた小石川薬園預役の芥川徳太郎は、密かに調査を始めた。

それで、兵庫と矢左衛門の繋がりを知ったのである。だが、彼らと手を組んでいる薬種問屋がわからなかった。

そのため、徳太郎は毎夜、この妾宅を見張っていたのである。兵庫が外出して、弥勒などの料理茶屋へ入った時は、自分も身分不相応のその店に入った。

そして、飲めない酒を無理して飲んで、兵庫が密会する薬種問屋を突き止めようとしたのである。まことに愚直で稚拙な調査方法だが、堅物で遊びをしたことのない芥川徳太郎には、これ以外の遣《や》り方《かた》が思いつかなかったのだ。そのために――妻子に心配をかけていたのである。

「貴様は何者だっ」

隣の座敷から飛び出して来た家臣たちに勇を得て、伊奈兵庫は叫ぶ。

「俺かね。そこの小倉の旦那は承知のはずだが、名は、秋草右近」

「秋草……右近だと」

「おうよ。弱い者いじめが大嫌いで、強い者いじめが大好きな漢《おとこ》さ」

「ふざけるな。他人の屋敷に無断で入って来た以上、覚悟はできているのだろうな。木下《きのした》っ、叩き斬ってしまえ！」

「はっ」

木下庄《しょう》兵衛《べえ》以下六人の家臣たちは、一斉に刀を抜いて庭へ飛び降り、右近を取り囲んだ。

「ほほう……三人ばかり、源覚寺橋で見かけたような軀つきの奴がいるな」

右近は、まだ大刀の柄に手もかけずに、

「おい、そこのあんた。俺の顔を覚えていてくれたかね」

一昨日の刺客の頭目と思われる木下庄兵衛に、嘲《あざけ》るように言う。

「ここなら野次馬もおらん。今夜は、逃さぬぞっ」

庄兵衛は、激烈な気合とともに、大刀を振り下ろした。が、それよりも早く、その脇を擦り抜けざまに右近が抜いた鉄刀が、彼の胴に喰いこんでいた。

「げえっ」

肋骨を数本、叩き折られた庄兵衛は、顔面から地面に倒れこむ。信じられない結末に啞然とした五人を、右近は次々に叩き伏せた。

そして、土足で座敷へ駆け上がり、左の逆手で脇差を抜いた。逃げる間も与えずに、兵庫、矢左衛門、美代の髷を斬り落とす。

幽霊のようなざんばら髪になった三人は、悲鳴を上げて腰を抜かした。

「さあて、今までの悪事の一切合切《いっさいがっさい》を書いて貰おうかね。俺は人殺しは好きではないが、拒むのならば、髷の次はお前さんたちの首が落ちることになるが……」

「わかった、わかった」

矢左衛門は、泣き顔になっていた。

「何でも書くから、命だけは助けてくれっ」

7

「見て、この西瓜。昼間、わざわざ芥川様が持って来てくださったの。井戸で冷やしておいたから、美味しいわよ」

お蝶が、縁側に西瓜の皿を運んで来た。

秋草右近が、兵庫の妾宅へ乗りこんだ夜から三日後の夕方であった。

「おう、旨《うま》そうだな。親分、遠慮せずに食べてくれ」

「へい。あっしの親父は、西瓜は実が赤くて気持ち悪いと言って食べなかったもんですが……うん、こいつはうまい」

「本当、美味しいね」

「ふふ。あの堅物の御仁も、少しは世間並の付き合いを覚えたのかと思うと、ちょっと面白いな」

無論、芥川徳太郎の閉門は解かれて、逆に、伊奈兵庫と小倉矢左衛門は病気を理由に出仕を止めて、進退伺いを出しているという。

幕府としても、まさか薬園の人参が横流しされていたとは公表できないから、別の理由をつけて両家を取り潰すつもりらしい。それでも、切腹を免《まぬが》れただけ幸運だろうが。

「あの良平坊ちゃんも、右近の旦那の説教を聞いて涙が出たって、感激してましたよ」

「ああ、あれか」

右近は、くすぐったそうな表情になる。

「いや、本当は俺も、あんな偉そうなことが言える身分じゃねえんだ。家族に何でも打ち明けて心配をかけるな、なんて……」

「あら、どうして」

右近が、近藤新之介に実の父と名乗っていないことを知らないお蝶は、不思議そうな顔になった。

「これで一雨、ざあっとくればねえ」

左平次が、さりげなく話題をそらす。

と、右近が急に腰を浮かせて、

「――来たぞ」

「え、何がですか」

「しっ」

三人が耳を澄ませていると、遠くの方から、ちりんちりん……というビードロ風鈴の音が聞こえて来た。

その音色は、どんどん近づいて来て、ついに、右近の家の庭にも、涼風が吹きこむ。

軒の風鈴が、美しく鳴った。

「まあ、涼しい」

「こいつは生き返るようだ」

左平次は、己れの胸元をくつろげて、風を入れこむ。

右近は、風の流れる方向から聞こえる風鈴の音に、うっとりと目を細めた。

「よいものだな。これが、本当の江戸の……夏の音だ」

第五話　賭場《どば》の客

1

やけに蠟燭《ろうそく》の煙が目にしみる。魚油を固めた質の悪い上方《かみがた》蠟燭の中でも、飛びっきりの安物を使っているのに違いない。

（くそっ、しみったれた胴元だ。たっぷりと寺銭《てらせん》を取った上に、元手を貸して法外な利息で儲けてるんだから、もうちっと上等な蠟燭を揃えやがれってんだ）

松吉《まつきち》は、汗の溜まった眉のあたりを、ぐいっと左腕でこすると、盆蓙《ぼんござ》の中央に伏せられた壺を睨みつけた。

「半方《はんかた》ないか、半方っ」

中盆《なかぼん》が早口で、賭けを急《せ》かす。

そこは、向島にある元は油問屋の寮だった建物である。油問屋の倒産で、今は無人となり、直黒《ひたぐろ》の義兵衛《ぎへえ》という香具師《やし》が、夜な夜な賭場《どば》を開いているのであった。

昼間よりは大分ましになったとはいえ、真夏の夜だから蒸し暑い。その二間ぶち抜きの賭場には、欲に熱くなった者たちの体温がこもり、煙草の脂《やに》や安酒の匂いが混じって、蒸し風呂のような有様であった。

時刻は、そろそろ亥《い》の中刻《ちゅうこく》――午後十一時というところだろう。

さっきまでは丁目が続けて出ていたが、そろそろ流れが変わる頃だ――と松吉は考えた。勝負の流れを正しく読み取りさえすれば、博奕《ばくち》は勝てる……。

「半だっ」

松吉は、わずかばかり残った駒札の半分を、半方に張る。

「丁半、駒揃いました」

中盆は、さっと一同を見回して、

「――壺っ」

さっ、と壺振り師が壺を開いた。

「四六《しろく》の丁！」

盆蓙の周囲で、二種類の吐息が洩れる。安堵の吐息と落胆のそれだ。

松吉は、見えない魔物に胃袋を半分喰い千切られたような気分だった。なんで丁に張らなかったのか――と心の中で自分自身を罵る。

負けた者の駒札を掻き集め丁《てい》字型の棒が、勝利者に駒札を配分してゆく。それを目で追うと、ひときわ高い駒札の山に行き当たる。

地味な身形《みなり》の中年の町人だ。どこかの大店《おおだな》の番頭のように見える。小太りで、特徴のない平凡な目鼻立ちの男であった。

松吉と同じく、賭場の開いた時から、ずっと居る客である。もっとも、じり貧の松吉と違い、勝ったり負けたりを繰り返して、今は百両近い勝ち越しになっていた。

松吉の嫉妬と憎悪の視線に気づいた男は、如才《じょさい》なく頭を下げる。

「今夜は、ひどく蒸しますねえ」

「そ、そうだな」

睨みつけていたくせに、相手に柔らかく出られると、目を伏せて口ごもってしまう松吉であった。これだから、二十一にもなって、堅気とやくざ者ともつかぬ中途半端な暮らしをしているのだ。

もしも、松吉が相手を睨みつけたままだったら、男のその微妙な表情に気づいたかも知れない。視線を駒札の山に戻した男の顔が、ほんの一瞬だけ強《こわ》ばった。が、すぐに元の人畜無害の顔つきに戻ると、

「ちょっと後架《こうか》へ――」

反対側に座っている中盆にそう声をかけた。駒札をそのままにして、立ち上がる。

（ふん。勝ちまくってる奴ァ、余裕があるぜ。どうせ今夜の元手だって、帳場の銭函《ぜにばこ》から、ちょろまかして来たんだろう）

廊下へ出てゆく後ろ姿を見ながら、松吉は胸の中で毒づいた。

（こちとら、今晩中に二十両こさえなきゃあ、冗談でなく命がねえんだからな）

だが、残った駒札の数を考えると、それは不可能に近いようだ。

しばらくして、中盆が勝負の再開を宣言した。客たちは、酒や茶の残りを、急いで飲み干す。番頭風の男は、まだ帰って来なかった。籐製の壺が、ぱしっと伏せられる。

「さあ、張った、張ったっ」

松吉は、首の筋が異様に盛り上がるのを感じた。伏せられる直前に、壺の中身が見えたような気がしたのだ。

五二《ぐに》の半――そう見えた。どうせ、駒札は残り少ないのだ。

「半っ」

松吉は、全部の駒札を半方に叩きつけた。心の臓が喉元までせり上がってきたようだ。

「はい、丁半揃いましたっ」

一呼吸置いて、中盆が壺師に開壺を命じる。壺が開かれた。

五と二。

松吉は、嬉しさで頭が内側から弾けそうになった。

中盆が「五二の半」と宣言しようとした、まさにその時――板戸が蹴り倒される音が響き渡った。一ケ所ではなく、屋敷の四方から一斉に、そういう音がしたのだ。

「手入れだっ」

「役人だァっ！」

治兵衛の乾分《こぶん》たちが喚き立てると、その場の者たちは、あわてて立ち上がった。ひとり松吉のみが、中盆に飛びついて、

「半目だっ、俺の勝ちだっ、駒札を…」

松吉が中盆にそう訴えかけた瞬間、誰かが蠟燭を吹き消したので、賭場は真っ暗闇になった。

「馬鹿、どけっ」

中盆は思いっきり、松吉を蹴っ飛ばした。暗闇の中で亀の子みたいに引っ繰り返った松吉の腹を、さらに誰かが踏んづけてゆく。松吉は、息が詰まった。

「捕らえろっ、一人も逃すな！」

そこへ、龕灯《がんどう》を手にした捕方《とりかた》たちが雪崩《なだれ》こんで来て、賭場は混乱の極みに達した。

2

「見ろよ、左平次親分。そこの床の間の白磁の壺は唐物《からもの》だ。まずは三百両を下るまい。

一万石、二万石の木っ端《こば》大名くらいでは、触れることもできねえ代物《しろもの》だよ。それに、この庭はどうだ。七千石の大身《たいしん》旗本の屋敷にだって、こんなに凝った造りの庭はねえぜ。金というのは、有るところには有るもんだ。肖《あやか》りたいものだなあ、親分」

「だ、旦那……声が大きいですよ」

「安心しろ、大きいのは地声だ。特に、呼ばれたから昼寝の途中で参上してやったのに、茶が一杯出たっきりで、かれこれ一刻《いっとき》も待たされた場合には、ひときわ声が大きくなるぞ」

「でも、聞こえますから……」

岡っ引の左平次は、身を縮めて小声で言う。が、秋草右近は平気な顔で、

「気にするな、聞こえるように言ってるんだ」

向島で捕物があった翌日の午後――そこは、日本橋の呉服商〈井沢屋〉の客間である。

いつもの通り、嬬恋稲荷の差し向かいにある家で、右近が倒れた簞笥《たんす》のように横になって居眠りしていると、左平次がやって来た。出入りの大店《おおだな》である井沢屋の主人・宗右衛門《そうえもん》から、頼み事があるので秋草右近という御方《おかた》を連れて来て欲しい――と言われたのである。

で、右近たちは、炎天下の灼けるような通りを、大奥御用達の大店へやって来た。

それなのに、主人が挨拶にも出ないまま、二時間も放ったらかしにされているというわけだ。

しかも、右近が座らされているのは、下座である。いくら素浪人とはいえ仮にも士分の者を客に迎えて、町人たる者が、己《おの》れの下座に置くという発想が凄い。

「旦那。お腹立ちも御尤《ごもつと》もですが、ここは、あっしの顔を立てて、なにとぞ穏便に……」

左平次が拝むようにして、そう囁《ささや》いた時、廊下から咳払いの声が聞こえた。そして、おもむろに、番頭を連れた井沢屋宗右衛門が姿を現わす。

六十近い恰幅の良い男で、一代で大層な身代《しんだい》を築き上げた者特有の傲慢さが、隠しようもなく顔に出ていた。

何の躊躇《ためら》いもなく上座に着くと、

「お待たせいたしまして」

その一言だけで、申し訳も何もない。

「井沢屋宗右衛門でございます」

頭も下げずに、そう言った時には、右近のこめかみに蚯蚓《みみず》のように怒りの血管が浮かび上がった。

「ご浪人の秋草右近様ですっ」

あわてて、左平次が紹介する。

宗右衛門は、重たげに垂れ下がった目蓋の下から、値踏みするように右近を見つめて、

「秋草様は腕が立つそうですな」

「それほどでもない」

右近は、わざと微笑して見せる。

「万物の中でも腕で立つのは猿回しの猿ぐらいで、俺は一応、人間様だから、二本の足で立つ方が得意だ」

「旦那っ」

身を揉むようにして、左平次は右近の袖を引っぱる。

「秋草様」静かに宗右衛門は言う。

「お聞きおよびかと思いますが、井沢屋は大奥御用達。幕閣のお歴々《れきれき》にも顔がききます。秋草様の仕官のお世話も出来ぬことではございません」

だから、もう少し態度を改めろ――と言いたいのだろう。

「生憎《あいにく》だがな、井沢屋。俺は好きで浪人をしているのだ。裃《かみしも》を着て、厭《いや》な奴に下げたくもない頭を下げるのは、真《ま》っ平《ぴら》なのでな。余計な前口上は抜きにして、さっさと用件を聞こうじゃないか」

歯切れのよい口調で、右近は捲《まく》し立《た》てる。

「十両」と井沢屋。

「お礼は十両、差し上げましょう」

「頼み事の中身を聞かないと、十両が安いのか高いのか、わからんよ」

貧乏浪人のことだから、金額を言えば、てっきり、だぼ沙魚《はぜ》のように喰いついて来るだろうと思っていた宗右衛門は、むっとして黙りこんだ。

「どうも話が進まんようだな。おい、そこのあんた」

「は？　わ、わたくしでございますか」

いきなり矛先を向けられた番頭は、へどもどしてしまう。

「その庭先に百日紅《さるすべり》の木があるな。手頃なやつを一本折って、持って来てくれ。心配するな、主人の客がそう言っているのだ。さあ、早くしろ」

目で宗右衛門に尋ねた番頭は、無言の許可を得て、百日紅の枝を取って来た。枝の先には、淡い赤紫色の可憐な花が握り拳ほどの大きさで群れている。

「それを持っていろ。うん、動くなよ」

「あの、何を…」

怯えた声で番頭が言おうとした時、きらりと銀光が閃《ひらめ》いた。気がついた時には、右近の脇差は鍔音高く鞘《さや》に納まっている。

「……？」

番頭は、右手に持っている百日紅の枝を見たが、別に何も変わりはなかった。

「それを主人に渡すがいい」

首をひねりながら、番頭は、言われた通りにする。不審げな顔つきで受け取った宗右衛門は、

「あっ」

小さく叫んだ。百日紅の枝が、縦に割れたからである。しかも、枝は真っ二つに斬られているというのに、枝の先端の花々は、一つとして傷ついていないのだ。

いくら武芸の嗜《たしな》みのない町人の宗右衛門でも、これが尋常の業《わざ》ではないことぐらいは、わかる。

「秋草様、ご無礼いたしました」

宗右衛門は、上座を右近に譲って、改めて頭を下げた。

「実は……先日、うちの蔵から大切な物が盗み出されまして。それを、何とか取り戻していただけないかと思い、秋草様をお呼びした次第でございます」

態度も口調も、別人のように丁重になっている。

「で、その大切な品というのは」

「はい。文倉常長《はせくらつねなが》様が切支丹《キリシタン》国より持ち帰ったという、ギヤマン細工の虎でございま

す」

3

陣助《じんすけ》に叩き起こされて、松吉が貼りついているような上下の目蓋を無理矢理に開いてみると、浅草阿部川町にある長屋の外は薄暗くなっていた。

夢中だったので、あれからどこをどう逃げ回ったのか覚えていないが、気がついたら、この幼なじみの陣助が住む長屋に辿《たど》りついていたというわけである。

「何だ……まだ夜が明けねえのか」

「この野郎っ、寝惚けるのも、いい加減にしやがれっ」

大工の陣助は、ぱしっと濡れ手拭いを広げると、衣桁《いこう》の端に下げる。

「今は夕方だ。てめえが明け方に転がりこんで来て、泥のように眠りこけてる間に、俺は朝風呂を浴びて、朝飯を喰って、道具箱を担いで普請場《ふしんば》へ行って、仕事をして茶を飲んで、仕事をして昼飯を喰って、仕事をして茶を飲んで仕事をして、それから長屋へ帰って来てから、湯屋へ行って、今、帰って来たところよ」

「何だ、道理で腹が減ってるわけだ。おい、飯はまだかい」

「この暑い最中、堅気の人間が汗水垂らして働いてる時に、泥亀みてえに眠りこけてたくせに、飯だけは一人前に喰らうつもりか。罰当たりめっ」

口ではそう言いながらも、陣助は、手際よく二人分の食事を作ってくれた。

「ところで、今度は何をやらかしたんだ。ここへ飛びこんで来た時の様子が普通じゃなかったが、喧嘩でもやらかしたか」

沢庵漬けを嚙みながら、陣助が尋ねる。松吉は、もそもそと飯を搔きこみながら、

「うん……実は、向島の賭場でな」

「まさか、賭場荒らしをやったんじゃあるめえな」

「いや、その逆だ」

「その逆？」

「ああ。町方の手入れがあって……」

「しっ！」

陣助は、粗末な膳を蹴っ飛ばすような勢いで立ち上がると、あわてて、表裏の戸と窓を、みんな閉じた。

「ま、松吉っ」血相を変えて、陣助は、松吉の胸倉をつかまえる。

「おめえ、町奉行所のお役人に追われてるのかっ」

「大丈夫、心配ねえよ。初めての賭場だったし、知り合いもいなかった。捕まった奴らは、誰も俺の名前や素性は知らねえはずさ」

松吉は、賭場での成り行きや、真っ暗闇の中で捕方の囲みから逃げ出した経緯を、一通り説明した。

「きっと、あの番頭野郎が役人に密告したに違いねえ。それで、捕方が飛びこんで来る直前に、そっと賭場から抜け出しやがったんだ。賭場の仁義を知らねえ畜生めっ」

話を聞き終えた陣助の方は、溜息をついて肩を落とし、

「そういうことなら、まずは一安心だが……」

勝手口へ行って、素焼きの壺に汲み置きしてある水を杓《ひしゃく》で、がぶ飲みする。

「で、その二十両ってのは何だ」

「立場《たてば》の源左《げんざ》から借りた博奕の金よ。本当は十両なんだが、何時《いつ》の間にか、利子で膨らんでよう」

「あの二本差しの浪人金貸しか。金貸しは因業《いんごう》と相場が決まっているが、奴の取り立ては、格別に情け容赦がないって話だぜ」

「わかってらあ。だから、向島の賭場で、一世一代の勝負に出たんでぇ」

陣助は、ますます顔をしかめて、

「講釈師の口上じゃねえが、天地開闢《かいびゃく》以来、博奕の借金を博奕で返した奴はいねえよ。それで、お役人に追われたんだから、世話はねえや」

「……」

反論できない松吉は、呆れたことに、飯の残りを喰い始めた。

「なあ、おめえの死んだ親父は評判のいい畳職人だったじゃねえか。おめえも、七五郎《しちごろう》親方のところで、もうちっと辛抱してりゃあ、今頃は……」

「願い下げだね。招き猫みてえな格好で何年も何年も畳表を張ってると、右肘に胼胝《たこ》が真っ黒に固まってかちかちになる。これが畳屋の肘ってやつで、見られたもんじゃねえ。親父は、あんなに働きづめだったのに、御母《おっか》さんが風邪をひいた時に、医者に診せる金もなかった……男の仕事じゃねえよ」

「俺も、しがない叩き大工だがな」

「大工はいいよ、畳屋とは大違いだ。道具箱を肩にこう引っ掛けた姿からして、格好いいやね」

「ちっ、心にもねえお世辞を言いやがる」

陣助は、これも仕方なく、食事を再開する。

「惜しいことしたなあ、五二《ぐに》と出たんだぜ。あれから運が上向くはずだったのに……あの五二の勝ち分だけでも、貰えねえものか」

「胴元の中盆も、みんな小伝馬町送りだろう。おめえ、牢屋敷の中まで取り立てに行くか」

「そうか、そうだなあ」

茶碗を空にした松吉は、溜息をついた。貧しげな家の中を見回して、

「陣助よう、幾らか貯《た》めてねえか」

「溜《た》めてるよ」

「本当かっ」

陣助も箸を置いた。

「ああ、店賃《たなちん》を三つほどな」

「ちぇっ、落《お》とし噺《ばなし》じゃねえや」

ごろりと横になった松吉は、汚れた袂で汗をぬぐって、

「暑いなあ。戸を開けようぜ」

「こいつ、殿様気分でいやがる」

陣助が、がたがたと戸を開けていると、

「そうだっ」

いきなり、松吉が起き上がった。

「あいつだ、あいつを見つけ出して強請《ゆす》りゃあ、十両や二十両の金は……」

「おい、何の話だ」

「密告屋の番頭野郎よ。たしか、本所のどっかに住んでると言ってたな。名前はたしか……こうしちゃいられねえっ」

陣助が止める間もなく、松吉は長屋から飛び出して行った。

4

「附木《つけぎ》ィ、附木はいらんかねぇ、附木ィ」

左肩に天秤棒を担いだ痩せた老爺《ろうや》が、神田川に架かる新シ橋《あたらばし》を渡っていた。棒の両端には大きな笊《ざる》が吊されていて、中に入っているのは、ごく薄い木片を数十枚、紐で縛ったものだ。これが、附木である。

先端に硫黄が塗りつけてあり、いわば江戸時代のマッチだ。値段は安いが目方の軽い商品なので、老人の物売りには向いている。

真夏の太陽の下、橋の真ん中で附木を買う物好きな客もいないだろうが、黙って歩いていては調子が出ないのだろう。

笠をかぶった老爺は、のんびりした声で売り詞《ことば》を言いながら、橋の中央まで来た。前から来るのは、水色の手拭いを吹流《ふきなが》しにかぶった若い女である。

その女は、老爺の左側をすれ違う時に、はらりと三尺手拭いを取って、空中に一振りした。肌は浅黒いが、切れ長の目をした美しい女である。

「おや、お蝶坊じゃないか」

老爺は立ち止まって、目を見張った。

「音蔵《おとぞう》おじさん、お久しぶり」

「本当になあ。と、こんな所じゃ立ち話もできねえ。あっちの掛け茶屋へでも行こう」

「そうだね。じゃあ、その前に、これを――」

お蝶は、ひょいと粗末な銭袋を渡す。

「む……これは、俺の……」

笠の下で、老爺の顔は別人のように厳しく鋭いものになった。

「わしの前で手拭いを振ったのが、目くらましの〈羽衣返《はごろもがえ》し〉だとわかるが……しかし、おめえは、わしの左側を歩いていた。左から、わしの懐の銭袋を掏《す》ることは出来ねえはずだ……」

お蝶は微笑して、

「〈筒抜《つつぬ》き〉ですよ、おじさん」

「あっ、これが……」

着物は左の衿を前にするから、右側からなら財布などを抜きやすい。だが、左側から抜く掏摸《すり》――懐中師《ふところし》の業《わざ》がある。それが、筒抜きだ。

傘をさしていたり、天秤棒を左肩に担いでいたりすると、左肘が持ち上がって袂が口を開けた形になる。この開いた袂から、手を差しこんで、電光石火で懐中物を抜き出すのだ。無論、よほどの名人でなければ会得できぬ秘技だが。

「ううむ……竜巻お蝶は引退したと聞いたが、懐中師としての腕は衰えていないようだな」

この老爺――実は、痛印《いたじるし》の音蔵という裏買《うらが》い人《にん》である。

裏買いとは、盗品をさばく非合法の商売で、現代の〈故買屋〉に近い。こんな貧しい物売りの身形《みなり》はしているが、音蔵は、江戸の暗黒街でも有名な裏買い人であった。

二人は、豊島町の掛け茶屋に入り、井戸で冷やした麦湯を飲む。

「お蝶坊、めっきり色っぽくなったが……男でも出来たのかい」

「ええ、出来ました。とびっきりのがね」

照れもせずに、はっきりと言う女懐中師に、音蔵は吹き出してしまった。

「こいつァ参った。よっぽど惚れてるな」

「ええ。骨の髄まで、べた惚れよ。今度、おじさんにも見てもらうわ」

「そうかい、楽しみにしておこう」

「それでね、おじさん。ちょっと聞きたいことがあるんだけど――ギヤマンの虎って知らない？」

慶長十八年――西暦一六一三年、仙台藩主・伊達政宗《だてまさむね》は、支倉六右衛門常長《はせくらろくえもんつねなが》を長とする遣欧使節をイスパニアへ送った。イスパニアで洗礼を受け、ドン・フィリップ・

フランシスコの名を与えられた常長は、ローマ法王にまで謁見《えっけん》することが出来た。

ところが、その間に日本では、徳川幕府が切支丹弾圧を行なっていたのである。ようやく、元和六年――西暦一六二〇年に帰国した時には、仙台藩内部にも反切支丹坡が台頭し、彼の外交成果は全く無意味になってしまった。

それから二年後の元和八年、支倉常長は、失意の内に知行地で亡くなった。

この常長は帰国の際に、護拳付きの短剣、黄金のブローチ、壁掛けなど様々な西洋物品を持ち帰っている。その中に、大人の握り拳ほどの大きさの見事な切子細工の虎の置物があった。

これが、ギヤマンの虎である。二百年の間に、ギヤマンの虎は何度も何度も持ち主が変わり、三年前に、井沢屋宗右衛門が出入りの骨董屋から四百両で買い取ったのだ。

ところが、十日ほど前に、土蔵の中からギヤマンの虎が盗まれてしまった。それも、土蔵の壁に穴を開けるなどの荒っぽい手口ではない。合鍵無しで南蛮錠を開いて、誰にも気づかれないうちに侵入して、虎の置物だけを盗み出して行ったのだ。

この盗難を、宗右衛門は町奉行所へ届け出なかった。切支丹用具ではないにしろ、切支丹が持ち帰った品物である。そんな物を所持していたと世間に知れると、町奉行所からのお咎《とが》めがなくても、外聞が悪い。

それで、何でも屋の秋草右近を雇って、ギヤマンの虎を取り戻そうと考えたのである。最初は十両と言った宗右衛門も、右近の剣技を目撃すると、礼金を五十両に増額した。

右近の〈通い妻〉とでもいうべきお蝶は、愛しい男のために一肌脱ぐことにして、昔なじみの音蔵に会いにきたのだ。しかし、音蔵の返事は芳しいものではなかった。

「そんな大層な代物が取引されていれば、わしの耳に入らないはずはねえが……聞かねえなあ。鳥越の市には行ったんだろう？」

「ええ。でも、さっぱり」

鳥越明神門前町の路地裏に、悪党どもが棲みついた一角があり、そこでは盗人市《ぬすっといち》が開かれている。つまり、盗品市場だ。それを〈鳥越の市〉と呼ぶのだ。

「虎捜しは、色男のためかい」

「そうよ。どうしても、見つけたいの」

「ふうん……」

音蔵は苦笑のようなものを浮かべて、わずかに首を振る。

「何ですか」

「いや……ついこの間まで裸足《はだし》で蜻蛉《とんぼ》を追っかけまわしてたような子が、この爺ィを相手に惚気《のろけ》るような年齢《とし》になったかと思うと、何やらおかしくてな」

「うふふ、いやな、おじさん」

それから音蔵は、表情を改めて、

「その井沢屋の土蔵破りの手口、もう少し詳しく話してみな」

お蝶が知っている限りのことを話すと、音蔵は、しばらく考えてから、

「しじまの銀次郎《ぎんじろう》……じゃねえかな」

「それが盗人の名前？」

「うん。元は腕のいい錠前職人だったが、博奕で身を持ち崩して、盗人になったという野郎だ。仲間は持たずに、いつも独りで仕事をする。こいつにかかると、大抵の鍵は色後家《いろごけ》同様だとよ」

「色後家同様って、どういう意味なの」

「――いじられると、すぐに開いちまう」

「おじさんの馬鹿っ」

お蝶は、真っ赤になった。

5

秋草右近は、空樽の腰掛けに挽《ひ》き臼《うす》のように逞しい臀《しり》を置くと、蕎麦の大盛りを注文した。本所荒井町の〈田野上《たのうえ》〉という蕎麦屋である。

そろそろ酉《とり》の上刻《じょうこく》――午後六時ぐらいだが、外は、まだまだ明るく暑い。風が出てきたのが救いだ。

「難しいなあ」

蕎麦を半分ほど喰ったところで、右近が溜息をつくと、

「あの……うちの蕎麦が何か」

下ぶくれの素朴な顔立ちをした小女《こおんな》が、怖る怖る訊く。

「ん？　ああ、いや、何でもない」

右近は笑顔を見せて、

「蕎麦は旨《うま》いよ。麦湯のお代わりを頼む」

「はいっ」

ほっとした様子で、小女は新しい麦湯の湯呑みを持って来る。でかい図体をしているから、蕎麦に因縁《いんねん》をつける強請り浪人と間違えられたのだろう――と右近は、胸の中で苦笑した。

お蝶が音蔵老人から聞きこんだ情報を手がかりに、本所へやって来た右近である。

井沢屋の土蔵からギヤマンの虎を盗み出したのは、しじまの銀次郎という独り盗人に違いないと老人は太鼓判を押した。その銀次郎だが、本所に、お敬《けい》という女を囲っているのだ。

で、何とか、矢場女《やばおんな》のお敬の住居を捜し出したのだが、相手は泥酔していて「え、銀次郎だって？　あの薄情者、もう二月も姿を見せないんだよっ」とヒステリーを起こす始末。

それを宥《なだ》めていると、今度は、右近の膝にしなだれかかり、呂律《ろれつ》のまわらぬ口で「旦那ァ、旦那はやさしいねえ……」と言いながら男の股間に手を滑りこませたではないか。貞操の危機を感じた右近、三十六計逃ぐるに如《し》かず――の戦法通り、あわてて、その場を逃げ出したのであった。

（それにしても、銀次郎の詳しい人相も聞かずに逃走したのは失敗だったな。あの女の酔いが醒めた頃に、もう一度、訪ねてみるか。泥酔してる時なら御免蒙《ごめんこうむ》るが、素面《しらふ》ならば、わりと男好きのする顔立ちだったようだ。さぞかし、床の反応も……）

蕎麦を平らげた右近が、そんな良からぬことを考えていると、中年の町人が入って来た。

「蕎麦をください。海苔を、たっぷりかけたやつをね」

小太りのその町人は、右近の斜め前の卓に腰を下ろした。

右近が見るともなく、その男の方に目をやると、視線を感じたらしく、右近に向かって軽く会釈をする。右近も黙って頷き返すと、往来の方へ視線を移す。

少ししてから、男はさり気なく立ち上がって、店の奥へと行った。

（暇潰しに、俺も一杯やるか。いや、相手の酒が醒めるのを待っている間に、俺が飲んでしまっては、話にならんな）

「――あら？」

蕎麦を運んで来た小女が、さっきの客の卓にそれを置いて、店の奥へ行く。すぐに、首をひねりながら戻って来た。

「どうした、あの客は後架《こうか》へ行ってたんじゃなかったのかい」

「あたしもそう思ったんですけど、お客さん、どこにもいないんですよ。それに、腰掛けの上に勘定が置いてあるんです」

「ふうん」

「蕎麦を注文して、勘定だけ置いて黙って出て行くなんて、おかしな人ですね」

「……そうかっ！」

やにわに、右近は立ち上がった。

「ここに置くぞっ」

代金を卓に叩きつけるようにすると、驚いて立ちすくんでいる小女には目もくれず、右近は店の奥へ走った。

裏手から路地へ出て、左右を見る。左奥は行き止まりだから、右へ走った。突き当たりが丁字路だ。蕎麦屋の前の通りには出ないだろうと判断して、左へ曲がる。

表通りに飛び出した。ぶつかりそうになった草履《ぞうり》売りが、あわてて立ち止まった。

右近は、忙しく見回すが、さっきの男は見つからない。

(奴は只者《ただもの》ではないっ……ひょっとしたら、しじまの銀次郎ではないかっ)

十余年の間、関八州をさすらい歩いて、江戸で平凡に生きている旗本や御家人《ごけにん》には考えもつかぬような様々な体験をしてきた右近の勘が、そう教える。

右近があの男を見た時、本人にはそんな気はなかったのだが、人捜しをしている者特有の探るような目つきになったのだろう。それを敏感に感じ取った男は、躊躇《ためら》いなく、その場から逃げ出したのだ。

まともな堅気の行動ではない。常に針鼠のように神経を尖らせて周囲に対する警戒をおこたらない、犯罪の玄人《くろうと》に違いなかった。

(俺を、町奉行所の隠密廻り同心か何かと勘違いしたのだろう……身を隠すなら、人ごみの中だな)

そう考えて、妙源寺の門前町の方へ行ってみたが、やはり、例の男は見つからなかった。

(本所にいるのがわかったのは収穫だが、こうなった以上、他所《よそ》へ移ってしまうだろうな……まずいぞ、これは)

諦め切れずに、右近は、妙源寺の境内に足を踏み入れる。境内の人ごみは、追跡を逃れるのに好都合だからだ。

正覚山妙源寺——日蓮宗の寺で、開基は天目上人《てんもくしょうにん》。夕方で涼しくなったので、昼間よりも参詣の客が増えたようであった。

広い境内を一巡してみたが、やはり、先ほどの男の姿はない。舌打ちをした右近は、考えをまとめるために、茶屋へ入って酒を飲もうとした。

と、観音堂の裏手から、呻《うめ》き声《ごえ》のようなものが聞こえた。右近は、観音堂に近づいて、その角を曲がる。

そこに、四人の男たちがいた。二十歳くらいの男の両腕を、二人のごろつきが背中側へ捩《ね》じ上げている。

そして、三十がらみの浪人が、その男を殴っているのだった。片目と頬が腫れて、鼻血が流れている。

浪人と二人のごろつきは、近づいて来た右近を、睨みつけた。

「何か用か」

総髪に袴姿の浪人が、そう言った。

「どんな事情があるのかは知らんが、三人がかりで素手の一人を痛めつけるというのは、あまり感心せんぞ」

「お主には関係なかろう。放っておいてもらおうか」

「放ってはおけんなあ」

右近は、角張った顎を撫でながら、

「何しろ、俺は、弱い者いじめは大嫌いだが、強い者いじめは大好きな漢《おとこ》でな」

「貴様っ」

浪人が、大刀の柄に手をかけた。が、抜刀できない。

「むむ……」

素早く彼の懐に飛びこんだ右近が、自分の大刀の先端で、浪人の大刀の柄頭《つかがしら》を押さえつけているからだ。それも、釣鐘でも乗ったかのような凄い圧力で、抜刀どころか、そのまま地面に片膝を突いてしまいそうである。

「野郎っ」

「ふざけやがってっ」

二人のごろつきは、獲物を放り出すと、懐から匕首《あいくち》を抜き放った。

右近は、浪人の胸元を右の掌《てのひら》で突いて後ろへ吹っ飛ばすと、最初の奴の匕首の一振りを、ひょいとかわした。そして、そいつの脛に足払いをかける。

「わっ」

そいつは、だらしなく顔面から地べたに叩きつけられた。前歯が折れて、口の中が真っ赤になってしまう。

「くたばれっ」

二人目の奴が、両手で構えた匕首を腹に当てて、突っこんで来た。ごろつき同士の喧嘩なら、最も確実な攻撃法だが、勿論、秋草右近ほどの兵法者《ひょうほうしゃ》には通用しない。難なくかわすと、右近は、その脇腹に大刀の柄頭を打ちこんだ。

「げへっ」

匕首を放り出したごろつきは、鉄板で炙《あぶ》られた芋虫のように、地面を転げまわる。

「でぇああ――っ！」

吹っ飛ばされた浪人が、大刀を抜いて突進して来た。怒りに顔を赤鬼のようにして、大上段に構えた刀を、右近の頭頂部へ振り下ろす。

が、きーんと金属音がして、白刃が宙に舞った。右近が肉厚の大刀で、抜き打ちざまに相手の刀を鍔元《つばもと》から叩き折ったのだ。

その白刃は、数間先に落ちる。浪人は、信じられないという風に、柄と鍔だけになった自分の大刀を見つめた。

「まだ、やるかね」

右近がそう言うと、夢から覚めたように大刀を放り出し、そのまま逃げ出した。ごろつきたちも、あわてて、その後を追う。

「おい、大丈夫か」

納刀した右近は、へたりこんでいる男の方を向いた。

「へ、へい……有り難うございました」

でこぼこの顔に無理に笑みを作って、男は、そう答える。

「あっしは、松吉と申します——」

6

「旦那、儲け話があるんですが、一口《ひとくち》のりませんか」

「儲け話だと」

冷えた麦湯を飲みながら、右近は、腫れた顔に濡れ手拭いをあてがっている松吉を眺めた。妙源寺の近くの茶屋の奥座敷である。

「ええ。あの御家人常《ごけにんつね》を簡単にあしらった腕前と度胸は、並大抵のものじゃねえや。さぞかし、旦那は、裏街道では名の知れた御方《おかた》に違いねえ。旦那が味方になってくれりゃあ、百人力だ」

「あの浪人は、御家人常というのか」

「本当の名前は常三郎《つねさぶろう》とかいって、御家人の三男坊だったのが博奕と女で身を持ちくずして勘当され、今は立場の源左って金貸しの用心棒でさ。いつもは威張りくさってたくせに、今日は様《ざま》ァなかったね。いい気味だ」

「……俺も御家人の倅《せがれ》でなあ」

右近が浮かぬ顔で、そう言うと、松吉はあわてて、

「そ、そりゃどうも……」

「奴らが、お前を痛めつけたのは、借金の取り立てか」

「たった二十両の端金《はしたがね》ですよ。それが二日、三日、支払いが遅れたからって手籠《てごめ》にしやがって。もうちょいと待ってくれたら、二十両を倍にも三倍にもして返してやるからって言ったのに、あの唐変木《とうへんぼく》どもが聞く耳を持ちやがらねえ」

「そんな景気のいい話があるのかね」

「ありますともっ」

松吉は、でこぼこの顔を突き出して、

「旦那は、しじまの銀次郎って独り盗人をご存じですかっ」

「ん？」

向島の賭場での騒動からこれまでのことを、口から唾を飛ばしながら松吉が説明するのを、右近は黙って聞いてやる。

「――で、裏買い人の善伍《ぜんご》の乾分《こぶん》に一杯飲ませて、聞き出したんだ。その密告野郎は、大店の番頭なんかじゃなくて、しじまの銀次郎って盗人だってね。何でも、音もなく

盗み出すんで、静寂《しじま》って渡世名《ふたつな》がついたんだそうだよ」

「そいつが、どうして大金になるんだ」

「考えてもみてくださいよ、旦那」

焦れったそうに、松吉は言う。

「どんな魂胆《こんたん》か知らねえが、銀の字は、百両近い駒札を放ったらかしにして、町方を引きこんだんですぜ。普通なら、駒札を換金してからにするでしょう。つまり、名うての盗賊だけあって、百両なんか銭のうちに入らねえんですよ。きっと何千両と貯めこんでいるに違いねえ」

「なるほどな」

「銀の字は、この本所にお敬って矢場女を囲ってるんです。その家を見張って、あいつが来たところをとっ捕まえて、その隠し金の在処《ありか》を白状させれば、後は俺と旦那で山分けじゃないですか」

「山分けは結構だが、銀次郎と女はどうする。やはり、後腐《あとくさ》れがないように始末するか」

笑い出したくなるのを堪《こら》えて、右近が、わざと冷酷な顔で言うと、松吉は急に気弱げな表情になって、

「い、いや……殺すまでもねえでしょう、相手は盗賊稼業なんだから、まさか、自分

の隠し金を盗られましたと訴え出ることもないですよ」

「それもそうだな」

「じゃあ、決まりですね」

　松吉は嬉しそうに言った。

「だったら、すぐに石原町へ行きましょう。そこに、女の家があるんですっ」

7

　両国橋を本所へ渡って左に曲がると、大川から引きこんだ堀に架かる石の橋がある。駒留橋《こまどめばし》という。

　この堀に生えている葦は、なぜか片葉なので〈片葉堀《かたはぼり》〉と呼ばれている。本所七不思議の一つである。

　その片葉節の北側が、石原町だ。右近と松吉は、石原町の甘味処《かんみどころ》の二階座敷にいた。

「陽が落ちてから、野郎二人で甘味処の座敷に上がりこむなんて……心付けを渡したさっきの仲居は、笑ってましたぜ」

　甘味処の一階土間は女子供のための店だが、二階座敷は男女の密会に使われるのである。右近は、ごろりと手枕で横になって、

「仕方があるまい。お敬の家を見張るのは、この座敷の窓から見下ろすのが、ぴったりなんだからな」

「ですが……衆道《しゅどう》か何かに間違えられたら、みっともねえや」

「安心しろ。お前は、蔭郎《かげろう》にしちゃあ年をとりすぎてるし、第一、その面《つら》で客はとれん」

「ひでえや、旦那」

蔭郎とは、衆道趣味の客に軀を売る少年売春夫のことである。多くは、歌舞伎役者の見習い子がなった。

「それに、衆道というのは、あれで、なかなか情味のあるものだそうだぞ。特に、西国の薩摩などは、女色《にょしょく》よりも衆道の方が高級とされているそうだからな」

「へえ……秋草の旦那は、その道も達人で？」

「残念ながら、まだ試したことはない」

右近は苦笑して、

「それよりも、ちゃんと窓から見張っていろ。銀次郎が現われたら、すぐに、ここを出るのだ」

「へいへい」

来るかな――と右近は思う。あの用心深さなら、銀次郎が、とっくに江戸を出ていてもおかしくはない。

だが、奴が少しでも、お敬に心を残しているのなら、一日会いに来るだろう。それを待つしかないのだ。下手にあちこちを捜しまわるよりも、お敬の家一点に絞った方が、銀次郎を捕らえられる確率は高いはずだ。

「……博奕だな」

「え？」

「一点張りの博奕だ。お前さんの得意なものだろう」

「ちぇっ」

舌打ちした松吉だが、それでも障子窓の隙間から、お敬の家を熱心に見張る。

酒を飲むわけにもいかず、かといって甘味物を喰うわけにもいかないから、特別に作ってもらった茶漬けで腹をなだめて、二人は待った。今夜も蒸すようだ。

そして、亥《い》の上刻《じょうこく》――午後十時すぎ。

「旦那っ」

松吉が、短く圧《お》し殺《ころ》したような声で言った。団扇《うちわ》を使っていた右近は、さっと跳ね起きて、松吉の脇へ行く。

「あすこに――」

障子の隙間から見ると、お敬の家の玄関の脇に、頬っかぶりして着物の裾を臀端折《しりはしょ》りした男が、ひっそりと立っている。

蕎麦屋で出会った男に、軀付きがそっくりだが、着物の柄は違っていた。古着を手に入れて着替えたのだろう。

「うむ……間違いないようだ」

右近がそう呟いた時、男は、そっと玄関から離れた。お敬に会うのを止めたらしい。

右近と松吉は、すぐに座敷から飛び出して、階段を降りた。そして、甘味処の脇口から出る。

打合せておいた通り、松吉は路地を抜けて、先回りをした。右近は、路地から表通りに出て、男を尾行する。

内藤山城守《ないとうやましろのかみ》の下屋敷の裏手には、竹林が広がっている。男が、その竹林の前まで来た時、松吉が行く手に立ちふさがった。

男は、はっと振り向いて、背後の逃げ道を右近によって断たれているのを知った。すぐに身を翻して、竹林の中へ駆けこもうとする。

その瞬間、右近は袂に落とした小石を、男に向かって投げつけた。余人《よじん》ではない、秋草右近の投げた石飛礫《いしつぶて》だ。

「うっ」

右の足首に小石が命中した男は、一尺ほど飛び上がって、肩から地面に落ちる。そのまま、足首をかかえこんだまま、動けない。

「やったァ！」

松吉は、ご馳走を見つけた野良犬みたいに、男に駆け寄った。が、右近に言われたことを思い出したらしく、刃物の間合には入らないようにする。

「銀の字、蕎麦を喰いそこねて気の毒したなあ」

ゆっくりと銀次郎に近づくと、右近は暢気《のんき》な口調で言った。

「てめえ……やっぱり、町方の犬かっ」

常夜灯に照らされて、懐から匕首を抜いた銀次郎は、血走った目で右近を睨みつける。番頭風の善人面《づら》は剝げ落ちて、凶悪な人相になっていた。

「そんな野暮な稼業じゃねえよ。光り物なんか、しまいな。取り引きの話をしようじゃないか」

「取り引きだと……」

「ああ。ギヤマンの虎を返してもらいたい。その代わり、骨折り賃として……本当に骨を折っちまったようだが、その見舞い金を含めて、五十両払おう。無論、俺が出すんじゃない。井沢屋が出すんだ」

「ギヤ……旦那、何の話ですっ？」

松吉は、狐につままれたような顔になる。

「お前は黙ってろ、あとで教えてやる」

油断なく匕首を構えている銀次郎は、右近の真意を探る目つきになって、

「俺を町方に渡すんじゃねえのか」

「そんなことをしても、俺は一文の得にもならんよ。だが、お前さんが、どうしてもギヤマンの虎を渡さないっていうなら、自身番《じしんばん》へ連れてゆくしかないな」

「虎は、もう売り払っちまったと言ったら、どうする」

「いや、まだだな」

右近は自信たっぷりに言った。

「そいつも調べてある」

「………わかった」

匕首を鞘《さや》に収めて、銀次郎は、それを放り出した。

「だが、俺もこの怪我じゃ、治っても盗人は廃業だ。お敬の家まで連れて行ってくれ。話は、そこでつけよう」

「いいだろう。おい、松吉、背負ってやれ」

「へ？　へえ………」

納得のいかない顔で、松吉は、銀次郎を背負った。足腰が鈍《なま》っているらしく、よろめく。

「銀の字、よい機会だ。元の錠前職人に戻るんだな。その足でも、居職《いじょく》なら何とかなるだろう」

「ちっ、他人事《ひとごと》だと思いやがって……」

銀次郎は、不貞腐《ふてくさ》れた表情になる。

「そう言うな。お敬は、意外と賢夫人《けんぶじん》になるかも知れんぞ」

匕首を拾い上げて、右近は笑った。

8

「おい、松公！　何だい、この廊下の拭き方は。お勝手の掃除だって、手抜きもいいところだ。もっと、身を入れて働きなっ」

お蝶に怒鳴りつけられた松吉は、ようやく腫れのひき始めた顔に泣きべそをかいて、

「姐《あね》さァん……俺は別に、この家の下働きになったわけじゃねえですから」

「なまをお言いでないよっ」

ぴしゃりと、お蝶は決め付ける。

「世の中には、雨露をしのぐ屋根さえない気の毒な者が、沢山いるんだ。寝る所と三度のご飯をいただいてる以上、下男同様に働くのは当然じゃないかっ」

見事にギヤマンの虎を取り戻し、五十両の礼金を貰った右近は、悠々と昼寝中である。

「早く、お茶を持っておいでっ」

竹林の前の取り引きから三日後の午後――松吉は、右近の家に居候になっていた。

「はあ……」

銀次郎は、ギヤマンの虎を鉄の箱に入れて、何と片葉堀の端に沈めておいたのであった。買い戻し代と治療費で七十両で手を打った銀次郎であったが、果たして、その金がなくなる前に堅気の錠前職人に戻れるかどうか……それは、本人にもわかるまい。

計百二十両の経費でギヤマンの虎を取り戻した井沢屋は、ご機嫌であった。大奥御用達の暖簾《のれん》に傷がつくことを考えたら、百二十両でも安い――というのが、金のある人間の考え方である。

「ねえ、旦那」

お蝶は、右近の肩にしなだれかかった。

「新しい帯を買ってくれるって、本当？」

「ああ、買ってやるとも。今回は、お蝶にも活躍してもらったしな。それに――」

右近は、にやりと笑う。

「変な癖を出されちゃかなわない」

「あら、厭《いや》だ。あたし、もう、懐中師《ふところし》の真似は……」

甘ったるい声でのしかかるお蝶の背中に、

「はい、姐さん。井戸で冷やしたお茶です」

松吉が、意地悪く言う。

「ふん、馬鹿……はい、旦那」

「うむ。こいつは旨いな」

その時、開け放した玄関の方から、

「御免下さいまし。秋草右近様のお宅は、こちらでございましょうか」

「あら、誰かしら」

お蝶は、さっと立ち上がって、玄関の方へ行った。すぐに、頑固そうな顔をした四十がらみの職人風の男を、連れて来る。

「あっ、親方っ⁉」

驚く松吉の頭を、その男は、いきなり拳骨《げんこつ》で殴りつけた。ぼこっ、と不作の南瓜《かぼちゃ》を地面に叩きつけたような音がする。

「痛《いて》え、痛えよっ」

「当たり前だ。俺一人が殴ったんじゃねえ、お前の親父と一緒に二人分で殴ったんだ。痛くなくて、どうするっ」

「親方は、松吉の知り合いかね」

右近が尋ねると、その男は、律儀に座り直して両手をつく。

「お初にお目にかかります。左平次親分から、話は聞かせていただきました。この穀《ごく》潰《つぶ》しが、大層、お世話になりましたそうで。あっしは、下谷車坂町で畳職人の頭《かしら》をしております七五郎と申します」

「ああ。松吉が以前に、弟子入りしていたという……」

「へい。こいつの親父の庄吉《しょうきち》とは兄弟弟子でして、流行病《はやりやまい》をこじらせて死ぬ枕元で、倅を一人前の畳職人にしてやってくれ――と頼まれました」

「それが、何時の間にか博奕の虜《とりこ》か」

「まったく、どうしようもねえ野郎です」

やりこめられて、松吉は消え入りそうな様子だ。

「おい」

七五郎は、懐から出した紙を、松吉の前に広げた。それは、立場の源左へ差し出した二十両の借用証文であった。

「親方、これは……」

「陣助に聞いたよ。だが、払ったのは俺じゃねえ。お前の御父《おとっ》つぁんだ」

「親父が？」

鉄吉は、七五郎に二十三両の金を預けていた。女房を病気で亡くした後、好きな酒も煙草もやめて、必死で貯めた二十三両である。松吉に何かあった時に出してやってくれ——と七五郎に頼んでいたのである。

「これで、借金の取り立ての心配はなくなった。幸いにもお前は、お奉行所のお世話にもなっていねえ、きれいな軀だ。明日から、また、うちで修業しろ。いいな。残りの三両は、お前が女房を貰う時の結納金として、預かっておいてやる」

そして、七五郎は、松吉の右肘を握って、

「何だ、この女みてえに柔らかい肘は。ど素人の肘じゃねえか。仕事場の掃除から修業のやり直しだ」

「でも……俺……」

ぐずる松吉に、右近は静かに言う。

「おい。銀次郎が、どうして、賭場から消えたか、まだわからねえのか。あいつのような盗人稼業では、少しの油断が命取りになる。だから、何か毛筋ほどでも不穏な気配を感じたら、何もかも放り出して、その場を逃げ出す習慣が、身についてるんだ。だから、獣物《けだもの》じみた勘で捕方の気配を察知して、百両の駒札を置いて逃げたのさ」

松吉は、ますます肩をすぼめた。七五郎も、自分にはわからない話だが、黙って聞く。

「用心深いと思うか。違うよ。臆病なんだ。何時《いつ》、お縄になるかと思うと、四六時中、生きた心地がしねえくらい、気を張りっぱなしなんだ。そんな悪党の暮らしが羨《うらや》ましいか」

「………」

「勘が当たる時ばっかりじゃねえ。ただの思い過ごしの時もある。それでも、金も何も捨てて逃げる。だから、あいつ、隠し金なんかないと苦笑していただろうが」

「…………」

「俺のような風来浪人が言うのは何だが、堅気の暮らしが一番だぞ。こんな立派な親方が親身になってくれるんだ。有り難いと思わないと、罰《ばち》が当たるぞ」

「わかりました」

松吉は、ぺこりと頭を下げた。

「俺、もう一度、やってみます。……勤まるかどうか、わかんねえけど」

「馬鹿っ、それが余計だっ」

七五郎の鉄拳が再び、飛んだ。

「痛いって、親方ァ」

泣きべそをかく松吉を眺めながら、こいつの方は何とか真人間《まにんげん》になれそうだな——

と安堵する秋草右近であった。

「おい、お蝶。親方にも、この冷やし茶を差し上げな」

第六話　紅葉の女

1

もしも——秋草右近が、その日その時刻に紅葉の色づいた浅草寺の境内にいなければ、事件は全く別の展開を見せていたに違いない。

「お……」

右近は、口に運びかけた湯呑みを途中で止めた。

(あれは……お君《きみ》ではないか)

陰暦九月半ばの午後、観音堂近くの掛け茶屋の縁台に、右近は腰を下ろしている。

「たまには二人で、お寺参りでもしましょうよ」とお蝶にせがまれて、やって来たのだ。

秋の空は突き抜けるように青く深く、そこに千切った綿のような白い雲が二つ、三つ、穏やかに浮かんでいた。日中は暑くなく、寒くなく、まことに過ごしやすい季節である。

お蝶は後架《こうか》へ行っていて、右近は、のんびりと参拝客の流れを眺めていたのだった。

するると、その中に、思いもかけぬ人物の顔を見いだしたのである。

　二十代前半の小柄な女だ。額が広く、髪の生え際が薄墨で暈《ぼか》したように淡い。眉も薄く、唇がぽってりとしていた。決して美人ではないが、頼りなげで従順そうなところが、一種の魅力になっているのは、昔と変わりない。

（あれから、もう六年……いや、七年になるか。すると、お君は二十二になっているはずだ。しかし、江戸へ出て来ていたとはなあ……）

　観音堂に参拝する地味な身形《みなり》をした女の後ろ姿を見つめながら、右近は、ほろ苦い感慨に耽っていた。丸髷《まるまげ》ではなく島田髷を結っているから、人妻ではないだろう。茶を飲みながら、声をかけるべきかどうか、考える。

　湯呑みを縁台に置いた右近は、このまま黙って見送ることに決めた。相手が落ち着いた堅気の生活をしているのなら、そこに波風を立てるべきではないと思ったからだ。

「――ごめんなさい、待たせちゃって」

　後架から戻ってきたお蝶は、少しはにかみながら、縁台に座った。この元女懐中師《ふところし》は、右近との半ば夫婦のような暮らしに満足しているためか、最近、とみに色香が増している。

「茶が冷めたんじゃないか」

「ううん、あんまり熱いよりいいの。あたし、猫舌だから」

右近の気遣いを嬉しく思いながら、お蝶は言った。

「なるほど、猫舌か」

「何よ。変な笑い方して」

「だから、舐めるのが上手《うま》いんだな」

「もうっ、馬鹿っ」

お蝶は真っ赤になって、右近の太い腕をつねる真似をする。

わざと際《きわ》どい冗談を口にして、お君の存在を意識から追い出そうとした右近であったが、その顔が、

「む……」

にわかに厳しいものになった。

参拝を終えたお君が、右近には気づかずに仁王門の方へ歩いてゆくのを、数間の距離を置いて尾行している男がいたのだ。

四十前後の職人のような格好をした男だが、お君を見る目つきが、只者《ただもの》ではない。

「お蝶、済まんが用を思い出した。一人で帰ってくれ」

立ち上がった右近は、唖然《あぜん》とするお蝶を残して、参拝客の流れの中へ入った。十分な距離をとって、男を尾行する。尾行者を尾行するわけだ。

自分の思い違いならそれでいいが、もしも、お君に危機が迫っているとしたら、救

ってやらねばならない。

七年前、お君を女にしたのは、秋草右近なのである。

2

木曾駒《きそこま》――木曾の厳しい自然の中で育てられた馬は、軀《からだ》は小さいけれども、四肢頑健で持久力に優れ、しかも従順ということで、農耕馬として人気が高い。

木曾路の福島宿では、毎年夏に木曾駒の競り市が開かれる。これを〈半夏市《はんげいち》〉と呼んだ。

競り市の期間は、美濃、甲斐、三河からも馬商人が集まり賑わうから、自然と博奕《ばくち》なども盛んになり、そこに争いも起こる。

七年前の夏――江戸を捨てて関八州を流浪していた秋草右近は、福島宿の権現《ごんげん》一家の客分となり、賭場《どば》の用心棒を務めていた。

権現一家の喜平次《きへいじ》親分が、奈良井宿で酔いどれ浪人と揉めた時に、その場に居合わせた右近が追っ払ってやった。抜身を構えた相手を素手であしらった腕前が認められて、右近は、喜平次に雇われたのである。

賭場での揉め事を何件か手際よく片付けたので、右近の信用はますます上がり、結局、この福島宿に居続けすることになった。

信濃国筑摩郡福島宿は尾張藩の飛び地で、かつて木曾氏の重臣だった山村家《やまむらけ》が代官として、関所ともども管理している。

宿場の北側を木曾川が流れ、人口は千人弱、戸数は百五十余軒。酒を飲ませる店もあれば遊女もいるから、それなりに楽しめる。

右近は決して美男ではないが、漢《おとこ》らしい風貌で浪人にしては気さくだったから、妓《おんな》たちには人気があった。無論、閨《ねや》の中での〈漢らしさ〉も人気の一因であったことは、いうまでもない。

お君は、右近がよく通っていた居酒屋の娘だった。無口で、いつも骨身を惜しまずに働いていた。

いつも客と小女《こおんな》の関係で、右近と言葉を親しく交わしたことは一度もない。だから、お君から「明日、紅葉狩りに連れて行ってください」と頼まれた時には、いささか驚いた。

宿場の南側に並ぶ山々の一角に、紅葉が密生している。五合徳利を下げて、そこへ登った右近は、お君の瞳に無言で求められるままに、紅葉の落葉を褥《しとね》として彼女を抱いた。

十五のお君は、生娘《きむすめ》であった。十代前半で嫁に行くのが珍しくない時代に、しかも酔客を相手にする商売で、この年齢《とし》まで男知らずだったというのは、いささか珍しい。

　山を下りるまで、お君は無言で、別れる時にただ一言、「有り難うございます」と言った。右近が、その言葉の本当の意味を知ったのは翌日の昼すぎ、遊女屋の一室で、ひどい二日酔いで目覚めた時である。

　昨夜の相方だった妓が、「今朝、千鳥屋のお君ちゃんが、女衒《ぜげん》に売られて行ったそうだよ」と教えてくれたのだ。父親の留造《とめぞう》が、喜平次の賭場で借金を重ねていたらしい。

　飯盛女になる前に、せめて、俺に抱かれたかったのか――と右近は、胸の片隅が小さく疼《うず》くのを感じた。だが、二日酔いの虚しさと苦しさが、そして無頼の若さが、それ以上の思考を妨げた。妓が止めるのも聞かずに、迎え酒を飲んだ右近は、さらに翌日まで苦しむことになる。

　結局、初雪が降る前に、右近は福島宿を出て、東海道へ下った。山奥で雪に埋もれて暮らすのが億劫だったためだが、お君の一件で、賭場の用心棒に嫌気がさしていたことも理由の一つであろう。

　由比宿で、女壺振り師と同棲した右近は、お君のことは忘れてしまった。そして、今日の今日まで、ほとんど思い出すこともなかったのである……。

（俺は、お君の売られた先すら聞かなかった。若かったとはいえ、薄情なものさ。今だったら、喜平次親分を軽く脅し上げて、留造の借金を帳消しにさせるくらいの才覚はあるんだが）

お君を尾行している男を、さらに尾行しながら、右近は、そんなことを考えていた。

蔵前通りから、お君は、天王町の角を右へ曲がる。この先は、大名屋敷や町屋に挟まれて、七曲がりといわれるくらいに路《みち》が曲折していた。

お君とそれを追う男の姿が、松浦壱岐守《まつうらいきのかみ》の屋敷の角を右へ曲がって消えた。それと入れ違いに、その角から、大きな風呂敷包みを背負った行商人のような小男が出て来て、こちらへ歩いて来る。手拭いで頬かぶりしていた。

路上に、他に人影はない。両側は、大名屋敷の塀だ。小男は、軽く会釈して、右近の右側を通り過ぎようとした――が、その瞬間、

「っ！」

風呂敷包みが路へ落ちて、小男の匕首《あいくち》が、右近の脇腹めがけて閃《ひらめ》いた。しかし、その攻撃を予想していたかのように、右近は、それよりも迅《はや》く脇へ跳びのいて、大刀を抜き放った。

鋭い金属音とともに、刃を折られた匕首が、小男の手から吹っ飛び、

「ちっ」

小男も、さっと一間ほど跳びのく。

「くそっ……なんで、俺が突きかかるのに気づきやがった！」

右近は、路に転がっている風呂敷を目で示して、

「お前は、その風呂敷包みを抜き輪結びにしていた。鈴鹿峠でも越えるのならいざ知らず、こんな町中で抜き輪結びにしている奴は、ろくな素性じゃないだろう」

通常、風呂敷包みの両端は胸の前で結び、両手でつかむ。この方法だと、風呂敷包みを背中から下ろすためには、結び目を解くか、頭を抜くしかない。

だが、右端だけを輪に結んで、そこに左端を通して左手に巻く方法があり、これを〈抜き輪結び〉と呼ぶ。

街道を旅していると、いつ何時《なんどき》、強盗や山犬に襲われるかも知れない。そんな非常時でも、抜き輪結びならば左手を離すだけで、一瞬の内に邪魔な荷物を捨て去ることが出来る。だから、旅慣れた商人などは、この抜き輪結びで荷物を背負うことが多かった。

この小男は、右近とすれ違い様《ざま》に、抜き輪結びの風呂敷包みを落として、懐の匕首を抜き放ったのである。大きな風呂敷包みを背負った人間が、機敏に動いて襲って来るとは誰も思わないから、巧妙な手口だ。

「油断のならねえ野郎だ。何者だ、てめえは」

「いきなり突きかかっておいて、何者だもないだろう」

右近は苦笑して、

「それは、こっちが訊《き》くことだぜ。どうして、俺を殺そうとしたんだ。答えろ」

正眼に構えた大刀の切っ先を、ぴたりと相手の喉元につけて、右近は、じりっと前に出る。

と、小男は、さっと諸肌脱《もろはだぬ》ぎになった。その腹に巻いた晒し布の上に、細い鎖を巻きつけている。

小男は素早く鎖を外して、両手に構えた。鎖の右端には分銅が、左端には鎗穂《やりほ》のような刃物が付いている。その右の分銅を大きな円を描いて回転させながら、小男は、にやりと嗤《わら》った。

「てめえの刀には、刃がついていねえな。普通の倍も肉厚で、相手の刀を叩き折る頑丈な鉄刀《てつがたな》だ」

「………」

「だが、鎖が相手なら、どうする。刀と違って、力まかせに叩き折るってわけにはいくめえ」

言うが早いか、小男は、右の分銅を右近のこめかみ目がけて、叩きつける。

それをかわした右近が、間合を詰めようとすると、猛烈な速さで一回転した鎖分銅が、大刀に巻きついた。すぐに、鎖が引き絞られる。

「むっ」

右近が、大刀を取られまいと力をこめた瞬間、小男は逆に、右近の懐へ跳びこんで来た。

野獣のように敏捷であった。わずかに体勢が崩れて仰《の》け反《ぞ》った右近の胸に、左の鎗穂を突き立てようとする。

が、右近の反応もまた、尋常の迅《はや》さではなかった。咄嗟《とっさ》に、大刀の柄を握っていた左手を外すと、脇差を逆手《さかて》抜きにする。

「ぎゃっ」

顔面を斜《はす》に断られた小男は、濁った悲鳴をあげて跳び退《の》いた。右近も、右肩を鎗穂で傷つけられる。脇差で反撃しなかったら、正確に心の臓を貫かれていただろう。

「畜生……」

右頰から眉間を通って額の左まで、ぱっくりと肉が開いた小男は、血に染まった顔で、右近を睨みつける。

右近は、脇差を鞘に戻すと、左手だけで大刀を構えた。右肩からの出血が、肌襦袢《はだじゅばん》を濡らすのを感じる。

（勝負が長引くとまずいな……）

相手は町人だからと、その腕前を見縊《みくび》っていた自分を、右近は胸の中で罵《ののし》る。手拭いで血をぬぐった小男が、怒りと憎悪の塊となって、さらなる攻撃を開始しようとした時、

「何事だっ、双方とも引き！」

大声で叫んで、こちらへ駆けて来る者がいた。

それを聞いた小男は、舌打ちして風呂敷包みを拾うと、跳躍した。軽々と大名屋敷の塀に乗ると、その内側へと姿を消す。野生の猿よりも、すばしっこい動きであった。

右近は思わず吐息を洩らして、納刀する。

「あっ、右近様……」

駆けつけて来た若侍は、彼を見て絶句した。

「おう、深雪《みゆき》殿か」

その若侍は、男装の娘兵法者・佐久間《さくま》深雪だったのである。

3

「――傷の具合は、如何でございますか」

白い晒し布を巻いた右近の肩を、そっと指先で撫でながら、一糸まとわぬ姿の深雪

は訊く。その汗ばんだ乳房は、右近の分厚い胸に乗って、柔らかく潰れていた。

「さあて、随分と激しく軀を動かしたからなあ。また出血したかも知れん」

仰向けになって天井を眺めている右近は、唇の端に笑みを浮かべて言った。彼もまた、全裸であった。

二人がいるのは、神田佐久間町の出合茶屋の一室だ。右近は、店の者に用意させた焼酎や晒し布を使って、深雪に傷の手当てをしてもらったのである。

数ケ月前――亡兄の謙太郎の仇敵《かたき》を討つために、十八歳の佐久間深雪は、川越から江戸へやって来た。そして、右近の助けによって、仇討《あだう》ちを成し遂げると、彼に操《みさお》を捧げたのである。

その深雪が、再び江戸へ出て来たのは、浅草聖天町に住んでいる乳母のお久《ひさ》に、届け物をするためであった。

川越から江戸の花川戸までは、舟運《しゅううん》が発達している。往復に七日から二十日ほどかかるのを並船《なみぶね》、三日から四日かかるのを急船《いそぎぶね》、夕方に川越を出て翌朝に花川戸へ着くのを、飛切船《とびきりぶね》と呼ぶ。

深雪は、この飛切船に乗って、今朝、花川戸へ到着したのである。

昨年、夫を亡くして、自分も軀の弱って来た乳母のお久は、今年の春に、江戸で足袋屋を営む息子夫婦に引き取られたのだった。乳母と息子夫婦に歓迎された深雪は、午後になって外出した。嬬恋《つまごい》稲荷の前にある秋草右近の住居へ向かったのだった。

右近が、お蝶という女と、ほとんど夫婦同然の関係にあることは、すでに聞いている。だが、遠目でもいいから、右近の顔を一目だけでも見たかったのだ。

ところが、蔵前通りから七曲がりへと入ってみると、偶然にも、右近の危機に遭遇したのである。

そして、深雪は手当てをしながら、久しぶりに彼の逞しい肉体に触れているうちに、その瞳が熱っぽく潤んでしまった。

そうなると、右近もまた、この兵法娘のことを憎からず思っているのだから、手当てが済むや否や、二人はなるようになってしまったというわけだ。

「右近様ったら……意地悪っ」

深雪は、男の胸に火照《ほて》った頬をこすりつけた。その仕草も声も、初めて右近に抱かれた時に比べると、格段に女らしくなっている。

初体験から二度目の媾合《こうごう》までの間に、男を識ったことで、女性としての肉体が成熟したのであろう。男の場合は、童貞であっても性体験をした後でも肉体上の違いはないが、女の場合、この深雪のように目に見える変化が生じるものらしい。

「深雪殿は、国許《くにもと》へ戻ってからも稽古を怠らなかったようだな」

右近は話題を変えた。

「おわかりになりますか」

「わかるとも。駆けつけた時の叫び声の出し方で、腕前が上がったのが、よくわかった。男子、三日会わざれば刮目《かつもく》して見よ——というが、女子もまた、同じだよ」

「まあ……」

「それに」と右近は兵法娘の背中を撫でる。

「五体の筋肉の発達具合も、直《じか》に確かめたしな」

「そんなお話ばっかり」

深雪は幸福そうに、右近の胸にくちづけをする。

「でも、右近様にお会いできるどころか、お役に立てるなんて……不謹慎な言い方ですが、深雪は幸せです」

それから、ふと眉根を寄せて、

「でも、さっきの鎖分銅使いは、一体、何者でしょう」

手当ての最中に、右近は、襲われるまでの経過を深雪に説明したのである。勿論、お君のことは、流浪していた時の知り合いだとしか言わなかった。

「わからん。お君を尾行《つけ》ていた奴の仲間だとは思うが」

「仲間……ですか」

「うむ。迂闊《うかつ》なことだが、俺は、最初の男に気を取られて、その背後にいた二人目の奴を見逃していたのだ」

何らかの事情で、職人風の男は、お君の行動を監視していた。その男に尾行者などがつかないように、さらに、あの鎖分銅使いが監視していたのだ——と右近は考える。そして、右近が職人風の男を尾行していることがわかると、先まわりして男に注意を与えて、右近を始末しにかかったのだ。

「ですが、そこまで念を入れた尾行をして、しかも、問答無用で右近様を殺しにかかるなんて、どういう素性の者たちなのでしょうか」

「今はまだ、わからん。お君を尾行ていた理由もな」

「でも……もう、調べようがありませんね。鎖分銅使いは逃げてしまったし、そのお君という女の人の住居もわからないし……」

その深雪の背中を撫で下ろしながら、右近が、

「いや、手掛かりが一つだけある」

「どんな手掛かり……あっ、そんな……いけませんっ」

深雪は、わずかに身悶えする。右近の指が、引き締まった臀《しり》の谷間に滑りこんだからだ。

「そんなにされたら、もう、深雪は駄目になってしまいます……国許で、ずっと、ずっと右近様のことを想って寂しかったの」

男の太い指が、隠微《いんび》な部分をまさぐるのを気にしながらも、深雪は答えた。

「右近様の肌の匂いが恋しくて、深雪は夜中に、泣いてしまいましたわ」

「そんな時に、自分で自分を慰める方法があるのだが、知っているか」

「いいえ。どうするのですか」

無邪気なほど大胆に、深雪は尋ねる。都会の町娘と違って、本当に性愛の知識が欠如しているのだろう。

「右手を貸してみなさい。うむ、そうだ。その手を、こういう風に――」

「ひっ」固く目を閉じて、深雪は喘《あえ》いだ。

「こ、こんなことをしたら、罰《ばち》が当たりますぅ……」

「罰なぞ当たらん。やり過ぎは、躯に毒らしいが。そして……うむ、ここを……な？」

「はあ……ん、んん……右近様っ」

再び燃え上がった深雪は、幼児のように右近にしがみついた。

4

風呂敷包みを手にした右近が家へ帰り着いたのは、もう、夕方近くであった。

「あたしを置きっ放しにして、一体、どこへ行ってたんですようっ」

玄関の土間へ入ると同時に、お蝶の癇癪《かんしゃく》が爆発する。

「すまん、すまん。あんまり責めるな、肩の傷に響く」

「傷……？」

目を吊り上げていたお蝶は、ようやく、右近が見慣れぬ錆鼠色《さびねずいろ》の小袖を着ているのに気づいた。

「あら、その着物は」

「店の者に言いつけて、古着屋で揃えさせたのだ。すまんが、こいつは洗って繕《つくろ》ってくれ」

血で汚れた着物と肌襦袢の入った風呂敷包みをお蝶に渡して、右近は奥の座敷へ行く。

「怪我したんですか、大丈夫なの、ねえ。旦那っ！」

「一通りの手当ては、済ませた。それより、ご苦労だが、左平次親分を呼んで来てはくれぬか。今すぐにだ」

「は、はい」

さすがに、竜巻お蝶の渡世名《ふたつな》を背負っていた女だけあって、くどくどと理由を訊いたりせずに、さっと飛び出して行く。

ごろりと横になって軀を休めていると、現金なことに深雪を抱いている時には感じなかった痛みが、ぶり返して来た。

（鎖分銅に鎗穂か……間合が自在に変化する得物《えもの》とやる時には、もっと、こう……」

頭の中で色々と捌《さば》き方《かた》を考えていると、意外に早く、左平次がやって来た。

「旦那が手負《てお》うなんて、相手はどういう奴ですかっ」

「それが、わからん。まあ、二人とも聞いてくれ――」

右近は、事情を説明した。

当然、佐久間深雪と再会したことは伏せたし、お君のことは昔の知り合いだと言ったが、左平次は何となく察したようであった。お蝶は、少し不機嫌な顔つきになる。

「そんな女のために、怪我までして……」

「で、旦那。たった一つの手掛かりというのは」

左平次が取りなし顔で、話題を変えた。

「鎖分銅使いの小男が、手拭いで顔の血をふいた時に見えたのだが――」

硯と筆を用意させると、右近は器用に、手拭いの模様と花菱の家紋を描いてみせた。

「どこかの商家の配り物ではないかな」

「これは……嶋岡屋《しまおかや》の手拭いですよ」

「嶋岡屋？」

「神田佐久間町一丁目にある油問屋です。神田一帯の大名屋敷や武家屋敷に油を納めている大店《おおだな》で、奉公人の数は三十人以上でしょう。嶋岡屋に出入りしてる鳶《とび》の親方が、こういう手拭いを使ってるのを見たことがあります」

「これは話が早い。俺は、あの小男は嶋岡屋に出入りしている行商人だと思う。それとなく、素性を探ってみてくれ」

「わかりました。手下を使って、当たってみましょう」

「待てよ、佐久間町一丁目ということは……」

右近は少し考えてから、

「お君は嶋岡屋へ向かったのではないか」

「なるほど。七曲がりを抜けて、藤堂様のお屋敷の横を、ずいっと行くと……佐久間町一丁目ですね」

考えてみれば、お君は商家の奉公人のような身形であった。右近は、もう一度、お君の人相風体を詳しく説明して、

「こういう女が、嶋岡屋の奉公人にいないかどうか、調べてくれ。名前は、お君ではないかも知れんがな。本当は、俺が行って見ればいいのだが……」

「いや、嶋岡屋の周囲には見張りがいるでしょうからね。旦那は目立つから、すぐにわかっちまう」

「はは、そうか」右近は苦笑する。

「釈迦に説法だが、探索は十分に注意してくれ。何しろ、怖ろしく無法な連中で腕も立つからな」

それから、用意しておいた二十両を差し出して、

「これは少ないが、探索の足しにしてくれ」

「旦那、馬鹿言っちゃいけません」

「俺の私事《わたくしごと》で頼むのだから、受け取っておけよ。その代わり、嶋岡屋がらみで礼金が出たら、分け前を貰うから」

右近が冗談めかして言うと、

「それでは、折角のお心遣いですから、預からせていただきます」

押し戴くようにして、左平次は二十両を懐に納めた。

「では、すぐに手配をします――」

左平次が帰ると、お蝶はにじり寄って来て、

「肩の傷、見せてくださいよ。手当てし直しますから」

「ああ、頼む」

右近は、おとなしく着物を脱いだ。

「何だか、この晒しは白粉《おしろい》くさいわ」

「そうか。手当てしてくれた女中の匂いが、移ったのかな」

とぼけた口調で、右近は言う。

お蝶は鎌を掛けたつもりだろうが、涼やかな男装娘は化粧などしていない。それに、第二試合が終わった後に、茶屋の風呂で汗を流して来たから、深雪の移り香の心配もないはずだ。

鎗穂に引き裂かれた右肩の傷は、すでに癒着しかけていた。野獣並の右近の体力だ。

深雪と同じように、お蝶もまた、右近の手当てをしているうちに、目つきが妖《あや》しくなってきた。怪我人の治療は、女にとって何か催淫作用でもあるのだろうか。

「ねえ、旦那……」

お蝶は、しなだれかかる。

「おいおい、傷にさわるぜ」

「男が動かなくてもいいやり方があるって、この前、教えてくれたじゃありませんか。女の方が、上になって跨《また》がるやつ」

「えらい知恵をつけちまったな」

「それに、置いてきぼりにされた仕返しが、まだ済んじゃいないもの……」

そう言いながら、お蝶は、胡座《あぐら》をかいた右近の股間に、顔を埋《うず》める。女の吐息が火のように熱いのを、右近は我がもので感じた。

5

「──あの人だよ」

柳原土堤《やなぎはらどて》に座りこんで、のんびりと煙草を吸っているのは、白髪頭の瘦せた老爺《ろうや》である。傍らに、天秤棒と二つの笊《ざる》が置かれていた。笊の中身は附木《つけぎ》だ。

秋草右近が負傷した翌日の午後である。

右近を従えたお蝶は、その老爺に近づいて、

「おじさん、今日は」

「おう、何だ、お蝶坊か」

貧しげな身形の老爺は、実は、江戸の暗黒街で〈痛印《いたじるし》の音蔵《おとぞう》〉の渡世名《ふたつな》で知られる有名な裏買い人であった。裏買い人とは、盗品の売買を手懸《てが》ける者をいう。

お蝶とは旧知の間柄であった。

「うちの旦那を連れて来ましたよ。この前、会わせるって約束したでしょっ」

お蝶は、はしゃぐように言った。

「音蔵殿ですな。俺は秋草右近という、お見かけ通りの浪人者。見知り置き戴きたい」

右近が挨拶をすると、音蔵は、あわてて立ち上がって、

「これはこれは、ご丁寧なご挨拶を。畏《おそ》れ入ります。音蔵と申します」

腰を折って頭を下げながら、右近の全身に、さっと視線を走らせた。値踏みしたのである。

「合格かね」

右近が尋ねると、音蔵は苦笑した。

「こいつはどうも……馬は乗り手次第と言いますから、あんな跳ね返り娘は、旦那ほどの御方《おかた》じゃねえと御《ぎょ》しかねるでしょう」

「さあて、どっちが馬か、それはわからんぞ。なあ、お蝶」

「んもうっ、馬鹿っ」

昨夜の奮闘を思い出したらしく、お蝶は耳まで真っ赤になった。

「これはこれは……お熱いことで」

音蔵は、毒気を抜かれたような顔になる。

「ところで、音蔵殿」

「旦那、くすぐったくなります。音蔵と呼び捨てにしておくんなさい」

「そうか。では、音蔵——ちょっとばかり、お主に聞きたいことがあって、やって来たのだがなあ」

右近は、土堤の草叢《くさむら》に腰を下ろした。

その隣に、音蔵も座りこむ。お蝶は、二人から離れた場所で、ぶらぶらしていた。

「へい、何でしょう」

「小柄で鎖分銅を遣《つか》う凄腕の男を知らんか。貸本屋の文吉《ぶんきち》という奴だが、変名だろう。俺は、盗人《ぬすっと》ではないかと思うのだが」

今日の昼すぎに、右近の家へやって来た左平次は、油問屋の嶋岡屋に、半年ほど前から文吉という名の貸本屋が出入りしていることを、報告した。

その人相は、右近を襲った小男にそっくりであった。嶋岡屋の手拭いも、文吉は貰っているという。

さらに、お君という女中が、三月《みつき》ほど前から奉公している。これも、右近が見かけたお君に間違いなかった。口入れ屋の紹介で奉公したのだが、請人《うけにん》――つまり、保証人は形だけのものだという。

身寄りがないというお君は、よく働くので、主人夫婦から可愛がられているそうだ。

右近の予想は、二つとも的中したわけだ。

「しかも」と左平次は言った。

「やはり、嶋岡屋には見張りがついてますよ。裏と表に二人ずつ。そいつらを逆に張ってもいいんですが、その前にご報告をと思いまして」

「そいつは、すまなかった」

「で、旦那。あいつらは何者でしょうかね」

その答えを求めて、右近は、音蔵に会いに来たのだった。

「旦那……」音蔵は神田川の流れを見下ろして、

「どんな商売でも、信用ってやつが大切でしてね。それは、あたしらのような裏稼業でも同じです。いや、裏稼業だからこそ、表の商売よりも、もっと信用が大事になるわけで」

「それは、わかるよ」

「先日は、たしかに、〈しじまの銀次郎〉という盗人の名はお教えました。ですが、それは、昔馴染み《むかしなじ》のお蝶坊へのお祝い代わり。これ以上は、ご勘弁ください」

「お主の言うことは、もっともだ」

右近も、神田川を下ってゆく荷船を眺めながら、

「だがなあ、音蔵。商売上の義理というものは、取引をして、初めて生まれるものではないのか。まだ、取引をしていない相手ならば、義理も信用も関係あるまい」

そう言ってから、にっと笑う。

「こいつは詭弁《きべん》だがな」

音蔵も、つい吹き出してしまった。

「旦那は変わった方ですな。お蝶坊が惚れたのも、わかるような気がしますよ」

それから、右近の胸元から見えている晒しに、ちらっと目をやって、

「その肩の傷……文吉って奴にやられたんですかい」

「ああ。いきなり襲って来た。とんでもなく凶暴な奴さ」

「なるほど」

音蔵は、剃りが不要になりかけている月代《さかやき》を、ぼりぼりと掻く。

「政吉……猿《ましら》の政吉《まさきち》って野郎がいましてね。何でも忍びくずれとかいう噂で、〈強味《つおみ》の又右衛門《またえもん》〉という盗人の手下《てか》です」

「強味の又右衛門……」

「へい。上方《かみがた》から東海道筋を荒らし回っている凶盗でさあ。やり方が荒っぽくて、押しこんだ家の者は、皆殺しにするそうです」

「そんな外道なのか」

お君の尾行者の尾行をしただけで、こちらの素性を探る手間などかけずに、いきなり殺そうとした手口は、確かに、凶盗と呼ばれるにふさわしい。

「その政吉……今は文吉と名乗っているようですが、そいつが江戸にいるということは、又右衛門の一味が、ひと仕事やらかすつもりなんでしょう」

「たとえば、貸本屋に化けて、狙った大店に頻繁に出入りしたりするのだな」

「ええ。それから、一味の女を、その店に奉公させて内側から探らせたりもします。

そういう女がいれば、押しこみの時には、中から鍵を開けさせることもできますからね」

「一味の女……か」

右近は暗然とした表情になった。その理由は、音蔵にはわからない。

「それで、その内部探索に、どのくらい時間をかけるのだ」

「そうですなあ……又右衛門一味のように力ずくの連中なら、せいぜい三月というところでしょうよ」

6

「ねえ、親分。もう、事情を話してくれてもいいでしょう」

嶋岡屋の主人・次郎兵衛《じろべえ》は、左平次に訊いた。右近が音蔵と会った翌日の午後——嶋岡屋の母屋の座敷である。

「評判の良い御用聞きのお前さんの頼みだから、何も聞かずに長持《ながもち》二つ、運びこませましたがね。一体、何事ですか」

「嶋岡屋の旦那。そいつは、この長持の中の御人《おひと》から聞いてください」

「長持の中の……」

不審げな表情になった次郎兵衛の眼の前で、がたんと長持の蓋が持ち上がり、中から出て来たのは秋草右近であった。

「あ、貴方《あなた》様はっ」

「嶋岡屋殿、驚かせて済まなかったな。俺は、素浪人の秋草右近。ちょっと待ってくれ」

右近は、もう一つの長持の中に潜んでいた人物に手をかして、外へ出してやった。

「こんな生島新五郎《いくしましんごろう》もどきの真似をしたのは、俺がこの店へ入るのを、見張りの奴らに見られたくなかったからだ」

「見張りですって」

「そうとも。この店は、裏も表も、強味の又右衛門という凶盗一味の手下に見張られているんだ」

「そんな馬鹿な……」

「まあ、そこに座って、俺の話を聞いてくれ――」

全てを聞き終わった嶋岡屋次郎兵衛の顔は、灰色に近くなっていた。

「まさか、あの働き者のお君が……盗人の手先だなんて」

「俺たちも迷ったのだよ。左平次親分が、町奉行所の同心に届け出れば、又右衛門一味は捕まるかも知れんが、お君も一緒にお縄になる。下手をすると死罪、どんなに軽くても遠島《えんとう》だろう。かといって、放っておけば、この店の者は皆殺しになる。見張りの連中は、江戸で雇われたごろつきらしいから、仮に捕まえて責め問いにかけたとしても、一味の本当の巣は知らないだろう。八方ふさがりだ」

「……」

「だが、嶋岡屋殿は町人にしては肚《はら》の据わった人物だと聞いたのでな。こうやって、正面から全てを打ち明けようと決めたのだ。勿論、俺たちの話を信ずるも信じないも、そちらの勝手だが」

恰幅のよい四十男の次郎兵衛は、少しの間、考えこんでいたが、

「――で、秋草様。手前《てまえ》にどうしろとおっしゃるので」

「うむ。まずは、お君を呼んでもらいたい。だが、俺たちの姿は、店の者には見せないようにしてくれ」

「わかりました」

すぐに、お君が呼ばれた。隣の座敷に控えていた右近が、境の襖を開くと、

「……ど、どうして？」

お君は、大きく目を見開いた。まさか、秋草右近がこんな場所にいようとは、想像の埒外《らちがい》だったのであろう。

驚愕、爆発的な喜び、そして悔根と絶望と哀しみ――それらの感情が、一瞬の内に

二十二歳の女の面貌《かお》を通り過ぎた。唇を嚙みしめて顔をふせたお君は、両膝を、ぎゃっと握り締める。

そんなお君の様子を見つめていた右近は、愁眉《しゅうび》を開いた。

(この女の性根の芯のところは、七年前の娘の頃とちっとも変わっていない……)

黙って、お君の前に座ると、袂から取り出した小枝を、女の手に握らせる。それは、紅葉の小枝であった。

お君は、不安そうな半信半疑という表情で、顔を上げる。

「浅草寺の境内の紅葉だよ。あの時の紅葉も……大層《たいそう》、綺麗《きれい》だったな」

それを聞いた瞬間、お君の双眸《そうぼう》に大きな涙の粒が湧き上がり、はらはらと頰を滑り落ちた。

「右近様ァっ！」

お君は、主人の前であることも忘れて、男の広い胸にすがりつくと、わっと泣きだした。長持から出た人物は、右近の斜め後ろに座っていたが、それを見て貰い泣きしてしまう。

しばらくの間、彼女の背中を撫でてやった右近は、少し落ち着いたところで、静かに問いかけた。

「なあ、お君、聞きたいことがある」

「……」

「強味の又右衛門一味は、いつ、この嶋岡屋を襲うつもりなのだ。頼む、教えてくれ」

袂で涙をぬぐってから、お君は、かすれたような声で言った。

「……今夜です」

7

子《ね》の中刻《ちゅうこく》——午前一時。

神田川に面した油問屋・嶋岡屋の脇木戸《わききど》が、そっと開かれた。

中から、手拭いで顔を隠した女が姿を現わして、往来を見回す。無論、こんな時間だから、満月に照らしだされた路上には、人っ子一人歩いてはいない。

ところが、どこに隠れていたものか、黒装束の男たちが、音もなく脇木戸の前に集まった。その数、九人。

先頭にいる長身の男が、頭目らしい。蛇のような目つきをしている。その横にいるのは、右近を襲った猿の政吉である。顔面に、細い晒し布を斜めに巻きつけていた。

女は、長身の男に頷きかけて、すっ……と滑るような動きで脇木戸の中へ入る。男たちも、周囲に気を配りながら、中へと入った。

脇木戸から店の横を通り抜けると、ひたひたと中庭へと入る。中庭に面した母屋の雨戸が、一枚だけ開いてあった。

それを見た長身の男が、「よしっ」と呟いて、手下たちに命令を下そうとした時、

「――おい」

突然、開いた雨戸のところに、畳のように大きな影法師が出現した。男たちは、ぎょっとして一瞬、立ちすくんでしまう。

「お前が、強味の又右衛門か」

秋草右近に問いかけられた長身の男は、覆面を毟《むし》り取って、

「てめえは何者だっ」

「俺か、俺は秋草右近。弱い者いじめが大嫌いで、お前らのような外道を退治するのが大好きな漢《おとこ》さ。そこのお君の様子がおかしいからと、嶋岡屋に頼まれた用心棒様だ」

「何だと……」

はっと振り向くと、脇木戸の方に、鉄十手を構えた捕物支度の左平次が立っている。さらに、裏庭の方にも、六尺棒を持った男が二人、立ち塞がっていた。左平次の乾分《こぶん》の六助《ろくすけ》と松次郎《まつじろう》だ。

逃げ路を閉ざされたと知った又右衛門は、激怒に震えながら、

「くそっ、殺《や》っちまえ！　店の奴らも皆殺しにしろっ！」

「おうっ」

男たちが、又右衛門の前へ出て匕首《あいくち》を引き抜いた時、右近は抜刀しながら中庭へと跳び下りた。ぎらりと月光を反射した刀身は、いつもの鉄刀ではなく真剣である。

「くたばれっ」

右側の奴が匕首で突きかかって来るのを、右近は難なくかわして、そいつの首の付根に大刀を振り下ろした。

骨の折れる鈍い音がして、そいつは、踏み潰された蛙のような格好で地面に倒れこむ。峰打ちにしたのである。

「野郎っ」

頭に血が昇っている盗人どもに、峰打ちだと気づく心の余裕はない。仲間が斬り殺されたと思って、左側の奴は、出鱈目《でたらめ》に匕首を振り回す。

右近の大刀は、そいつの右腕の骨を砕いた。

「ぎゃっ」

濁った悲鳴を上げる脇腹に、大刀の峰が叩きつけられると、息もできずに、ぶっ倒れる。

ようやく右近の尋常ならざる腕前がわかったらしく、盗人どもは怯《ひる》んだ。そこへ、右近の方から飛びこんでゆく。

三度、彼の白刃が月の光を弾いて、肉が潰れ骨の砕ける音がすると、三人の男が地面に倒れ伏していた。峰打ちとはいえ、鉄の棒で強打されるわけだし、しかも打ち手が秋草右近なのだから、盗人どもは一撃で動けなくなる。

「て、てめえっ！」

五人の手下を打ち倒された強味の又右衛門は、凶暴な形相になって、匕首を閃《ひらめ》かせた。右近は、その攻撃をかわして、又右衛門のこめかみに大刀を水平に叩きつけた。

「げへぇっ」

場所が場所なので多少は手加減したつもりだったが、又右衛門は白目を剝いて倒れ、動かなくなった。ひくっひくっと手足が痙攣している。

びゅうっ、と空を裂いて分銅が鋭く飛来した。

「むっ」

反射的に大刀を盾にすると、その刀身に鎖分銅が生きたもののように絡みついた。

「おいっ」

猿の政吉は、脂《やに》だらけの歯を剝き出しにして、残虐な嗤《わら》いを浮かべる。

「この面《つら》の仕返しは、きっちりとさせてもらうぜ」

「そうか、男っ振りが上がったようだがな」

右近が嘲笑《あざわら》うと、怒りが臨界点を突き破った政吉は、右手で細鎖を引き絞りながら、左手の鎗穂を投げつけようとした。先日は、右近の懐に跳びこんで顔面を斬り裂かれたから、今度は遠間《とおま》で勝負を決めるつもりなのだ。

ところが――右近は、鎖の巻きついた大刀をしっかりと握って、ぐいっと上体を右へひねった。

「わっ」

驚くべし、鎖で繋がった政吉の軀は、弧《こ》を描いて鞠《まり》のように軽々と吹っ飛ばされてしまう。凄まじいまでの右近の剛力であった。

石の手水鉢《ちょうずばち》に頭から激突した政吉は、鼻孔と口から血を流して気を失う。手水鉢も三つに割れ砕けた。大刀に絡みついた鎖を解いた右近は、念のために政吉の両手の骨を砕いておく。

振りかえると、残りの二人の盗人は、左平次たちが取り押さえて、縄をかけていた。お君は、中庭の隅の暗がりに蹲《うずくま》っている。

右近は、左平次たちに向かって小さく頷いてから、大声で、

「おい、お君とやら！　そこを動くでないぞ。こらっ、どこへゆく！　逃げる気か、待てっ!!」

脇木戸の方へ駆け出したお君を追って、右近も駆け出した。

木戸をくぐり抜けたお君は、往来を横切って、神田川の端でつんのめるようにして

立ち止まった。逃走用の舟を捜してか、せわしなく辺りを見回す。そこへ、追いついた右近が、

「この女狐《めぎつね》めっ」

お君の背中に一太刀、浴びせた。

峰打ちではなかった。悲鳴を上げた女は、路上に血を振《ふ》り撒《ま》きながら、川へ落ちる。白い水柱が上がって、泡立つ水面に血脂《ちあぶら》が広がり、それが下流へ流されて入った。

店の表戸の隙間から、一部始終を見ていた奉公人たちの間から、「酷《むご》い……」という呟きが洩れる。

懐紙《かいし》で刃をぬぐった右近は、むすっとした顔つきで納刀すると、脇木戸の方へ引き返した。

8

「――お君さん、寂しそうでしたねえ」

「寂しかないだろう。あの弥助《やすけ》という番頭は、人柄の良さそうな奴だったし」

高輪にある居酒屋の切り落としの座敷で、右近と左平次、それにお蝶の三人は酒を飲んでいた。

強味の又右衛門一味が一網打尽となった日から四日後の朝である。つい先ほど、三人は、名護屋へゆく嶋岡屋の番頭の弥助とお君を見送ったのだった。

右近に斬られて神田川へ落ちたのは、真物《ほんもの》のお君ではない。娘兵法者・佐久間深雪の変装だったのだ。

右近と同じく、長持に潜んで嶋岡屋に入りこんだ深雪は、お君の着物を借りて、又右衛門一味を招き入れた。背格好が似ているし、暗がりで何も喋らなかったこともあって、盗人どもは、まんまと騙《だま》されたのだった。

それから、深雪は、逃げ出した振りをして、右近の刀を背中に浴びたのである。無論、右近の刀は着物とその下の血袋のみを斬り裂いて、深雪の肌に毛筋ほどの傷もつけなかったことは、いうまでもない。

野犬の血をたっぷりと路上に振り撒いてから、深雪は神田川へ飛びこんだ。そして、潜水して上流に浮かび上がり、こっそりと橋の下に這い上がったというわけだ。そこで待っていたお蝶が、乾いた衣服に着替えさせたのである。

この時代の女で、泳げる者は非常に少ない。たとえ泳げたとしても、身幅の狭い女の着物を着て帯を締めたままの水泳は、かなり難しいのだ。泳法をも習得していた娘兵法者の深雪にしか、出来ない代役であった。

又右衛門一味のことを洗《あら》い浚《ざら》い喋ってくれたとはいえ、お君を逃がしてやったら、町奉行所の役人と又右衛門一味の関係者に生涯、追われることになる。だから、どうしても、お君は正式に〈死ぬ〉必要があったのだ。

嶋岡屋の奉公人たちが、その死を目撃したし、左平次の知らせで駆けつけた町奉行所の役人たちも、お君の死を疑わなかった。大坂町奉行所が手を焼いていた一味を、江戸で捕縛したのでご機嫌になり、手先の女の生死など、どうでもよくなったのだろう。牢へ送られた又右衛門一味も、お君の死を信じこんでいるという。

嶋岡屋で真相を知っているのは、主人の次郎兵衛と妻のお金《かね》、それに番頭の弥助だけであった。以前から、弥助は商用で名護屋へ行く予定になっていたので、これ幸いに、お君を江戸から連れ出すことにしたのだ。お君の旅行手形は、お蝶が知り合いから都合して来たのだ。

「そういう意味で言ったんじゃありませんよ。旦那のことを名残惜しそうに見つめてましたぜ」

「おいおい……」

右近は、お蝶を気にして、しきりに目で左平次を制止する。

「あら、いいのよ。この三日間、一緒に寝起きして、お君さんがいい人だってことは、あたしにもわかりましたから」

お蝶は、静かに右近に酌をしながら、

「気の毒な話よね。もう少しで年季《ねんき》が明けるって時に、又右衛門みたいな奴に見込まれて……」

七年前、お君は、善光寺の遊女屋へ売り飛ばされた。

そこで辛抱に辛抱を重ねて、ようやく年季の明ける直前に、客になったのが強味の又右衛門である。

お君が気に入った又右衛門は、彼女の意志に関係なく、雇い主に金を積んで身請《みう》けした。そして、自分の巣の一つに連れ帰ると、丸一月の間、あらゆる方法で、お君の肉体を嬲《なぶ》り抜いたのである。

又右衛門自身が、嗜虐《しぎゃく》的で変態的な性向の持ち主なのは勿論だが、徹底的に嬲り抜くことによって、お君の自我を破壊し、操り人形にするという目的もあったのだろう。

こうして、凶盗一味の手先にされたお君は、江戸に送られ、嶋岡屋に奉公させられたのである。従順で働き者のお君は、狙った大店に潜りこませるにはぴったりの女だと、又右衛門は見抜いたのだろう。

右近たちにとって——無論、お君にとっても——救いだったのは、今度が初仕事で、それまでの凶行には関係していないことであった。

「それにしても、お君さんが善人で良かった。何も知らないと白《しら》を切られたら、お仕舞いでしたからねえ」

　佐平次がそう言うと、右近が、

「いや……俺には目算があったよ」

「へえ。そいつはやっぱり他人じゃねえから……」

「おいっ」右近は、あわてて遮《さえぎ》った。

「違うよ。浅草寺でお参りをしている後ろ姿を見た時に、こいつは悪い女ではないと、そう思ったのさ。それに、又右衛門たちが二重の尾行をつけていたのも、お君が本当に仲間になったのかどうか、信用し切れなかったんだろうしな」

「なるほど」

　左平次は感心して、ひじきの煮物を口に運ぶ。

「それにしても、巡り合わせというのは不思議なもんだな。あの日、あの時、俺が浅草寺の境内に居合わせなければ、嶋岡屋は皆殺しになっていたろうし、お君は一生、泥沼に沈んだままだった……」

「ね。だから、たまには、あたしと出歩くもんでしょ」

　お蝶は得意そうに言う。

「わかった、わかった」

「嶋岡屋のおかみさんに、ちょっと聞いたんですが、あの弥助って番頭は、お君に惚れているらしいですよ」

右近に酌をしながら、佐平次が言った。

「ほう」

「だから、もしも、この道中でなるようになって、二人が名護屋で所帯を持ちたいと言ったら、許してやるつもりだそうです」

「そうか。そうなるといいな」

右近がうなずくと、

「あら、本当にそう思うんですか」

お蝶が、探るような目つきで言った。

「本当だよ。何を言ってるんだ」

「あのね、お君さんのことはいいの。昔の話だし。だけど——」

ずいっと、お蝶は身を乗り出した。右近の太い膝をつかんで、

「あの深雪様って、どういう人なの。どうして、旦那のために、あんな命がけの役目を引き受けてくれたのっ」

柳眉を逆立てて問い詰めるお蝶の剣幕に、左平次は、さっと逃げ出してしまう。

「いや、それは、お前……お君に同情して……こら、親分、俺を残してどこへ行くんだっ！　おい、左平次っ！」

番外篇　三島《みしま》の桜（書き下ろし）

1

「旦那、ぐうたらの旦那。いい加減に、起きたらどうかね。もう、夕方だよ」

「――おう、そうか」

のんびりした声で応じながら、二階から梯子階段を下りて来たのは、簞笥《たんす》に手足が生えたような巨漢の浪人者である。

「親爺《おやじ》、ぐうたらは少し言い過ぎだろう。俺には、秋草右近という立派な名前があるんだぜ」

逞しすぎる顎を撫でながら、右近は言った。

土間に椅子代わりに置かれた空樽に、石臼のような大きな臀《しり》をのせる。右手に持っていた大刀は、卓に立て掛けた。

「立派な名前のあるお侍は、毎日毎日、腕枕で転た寝して、飯喰って、酒飲んで――の繰り返しはしねえだろう。店が混み出す前に、さっさと晩飯を喰っちまってくれ」

居酒屋〈金太郎〉の親爺《おやじ》の兼吉《かねきち》は、辛辣《しんらつ》な口調で言った。六十がらみの渋紙面の老爺である。

そこは——東海道の十一番目の宿駅、三島であった。

伊豆国君沢郡三島は、天領だ。かつては、伊豆国府のあった土地である。

今は戸数千軒以上、本陣二、脇本陣三、旅籠が七十以上、人口は約四千人という賑やかな宿場だ。

その三島宿の東の入口——見附《みつけ》の近くに、この居酒屋はある。

「全く、旦那に厄介な客を追《お》ん出《だ》してもらったのはいいが、そのまま居着かれちまうとは……わしゃ、運が良いか悪いのか、よくわからねえな」

愚痴をいいながら、それでも、兼吉は早めの晩飯を右近の前の卓に置いてくれた。

半月ほど前の昼間——腕力自慢で近在の鼻つまみになっている常蔵《つねぞう》という馬子《まご》が、酔って店の中で暴れ始めた。

他の客たちは、あわてて店の外へ逃げ出したが、それと入れ替わるように足を踏み入れたのが、旅姿の秋草右近である。

右近は、大兵《だいひょう》肥満《ひまん》の常蔵を赤子《あかご》のように扱うと、店の外へ放り出した。

とても叶《かな》わぬと見た常蔵は、這うようにして逃げ出したのである。

おかげで、店は壊されずに済んだし、客たちも戻って来たから、主人の兼吉は大いに右近に感謝した。

「御浪人様。良かったら、好きなだけ宅《うち》に泊まっていってくだせえ。二階の座敷が空いてますから」

ついそう言ったのが運の尽き、秋草右近は、そのまま金太郎の二階に住みついてしまったのである。

飯は三人前喰うわ、酒を飲み出した底なしだわ、用心棒代わりに置いては見たものの、兼吉としては大赤字であった。

「大体、旦那は、どこかへ行く途中じゃなかったのかね」

遠回しに、「そろそろ、出て行ったらどうか」という意味をこめて、兼吉は言う。

「ん……」

油揚げと切り干し大根の煮付けを飲みこみながら、右近は曖昧にうなずいた。

「親爺の二親《ふたおや》は健在か」

「馬鹿言っちゃいけねえ」

唐突な右近の質問に、兼吉は目を剝く。

「わしを幾つだと思う。親が生きてたら、仙人に片足を突っこんだような年齢《とし》だ。とっくの昔に、二人とも墓の下さ」

「俺の二親は去年、相次いで亡くなったらしい」

淡々とした言い方だったので、逆に兼吉は驚いた。

「そいつは、どうも……お気の毒様で」

もごもごと口の中で、お悔やみを言う。

「いや、有り難う」

箸を置いて、右近は軽く頭を下げた。

「江戸へ墓参りに帰ろうとは思ったんだが、十何年も音沙汰無しの親不孝者には、色々と敷居が高くてなあ。それで、三島くんだりで、うろうろしてたのさ」

「もう、身内はいねえのかね」

「兄と弟が一人ずつ、それと妹が二人だが……まあ、今となっては、ほとんど他人だな」

「………」

無言で板場へ引っこんだ兼吉は、湯呑みを運んで来て、右近の卓の上に置いた。中身は茶ではなく、酒である。

「この親爺の香典代わりだ。飲んでくれ」

「そうか、すまんな」

柔らかな笑みを浮かべた右近が、その湯呑みに手を伸ばした時、

「た、助けてっ」

店の中に飛びこんで来たのは、二十代後半と思われる婀娜《あだ》っぽい大年増だ。

「どうしたね、姐《ねえ》さん」

兼吉の問いかけに、女が答えるよりも早く、ずかずかと二人の浪人者が入って来た。

厳《いか》つい奥目《おくめ》の奴と色黒の奴の二人で、どちらも、金のためなら何でもやりそうな悪相である。

「女、来いっ」

奥目の浪人者が、女の腕をつかんだ。

その拍子《ひょうし》に、そいつの軀が卓にぶつかって、湯呑みが土間に落ちる。湯呑みは割れて、中身の酒は飛び散った。

「――おい」

じろりと奥目浪人を睨んで、右近が低い声で言う。

「俺の酒が台無しになったぜ。詫びて貰おう」

「それがどうした」

奥目浪人が、せせら笑った。

「喉が渇いたのなら、下水溝《どぶ》の水でも飲んでおけ」

色黒の浪人者が、小馬鹿にした口調で言う。相手は一人、自分たちは二人なので、舐め切っているのだ。

「それが、貴公《きこう》らの詫《わ》び言《ごと》か」

ゆっくりと、右近は立ち上がった。

「む……」

ようやく二人は、その体軀の逞しさに気づいたようであった。何しろ、肩幅と胸の厚みが同じくらいある巨軀なのだ。

右近は、女の腕をつかんでいた奥目浪人の右腕を、団扇《うちわ》のように大きな手で握り締めた。

「痛ててて」

悲鳴を上げて、奥目浪人は、女を放した。そのまま、右近は、奥目浪人を仲間の方へ突き飛ばす。

「き、貴様っ」

色黒浪人は、大刀の柄に手をかけた。

「ここでは狭い。表へ出ろ」

右近はそう言って、卓に立て掛けていた大刀をつかむ。

「言いおったなっ」

「吠《ほ》え面《づら》かくなよっ」

外へ飛び出した二人を追って、右近は、店を出る。

「旦那っ」

兼吉が呼びかけると、

「心配するな」

大刀を左腰に差しながら、右近は背中で返事をした。畳のように広い背中である。

通りへ出ると、春の宵は生温《なまあたた》かい微風《そよかぜ》が吹いている。二人の浪人者は、すでに大刀を構えて、殺気を漲《みなぎ》らせていた。

大刀の柄に手もかけずに、右近は、周囲を見まわす。野次馬が、右近たち三人を遠巻きにしているが、二人組の仲間らしい奴はいなかった。

「死ねっ」

奥目浪人が、斬りかかって来た。

が、次の瞬間、甲高い金属音とともに、そいつの刀身が折れ飛んだ。

さらに、その右肩に、右近の大刀が振り下ろされる。

刃《は》のない鉄刀だから、肉がひしゃげ、骨が粉砕された。

「がっ」

奥目浪人が大刀を放り出して臀餅をつくよりも早く、右近の鉄刀は、色黒浪人の右腕に叩きこまれた。

「ぎゃっ」

大刀を落としたそいつの右腕は、有り得ない方向に曲がってしまう。

野次馬が、どよめいた。

鉄刀を抜き様《ざま》、相手の刀身を割り飛ばし、さらに二人を戦闘不能にするのに、二つか三つを数えるほどの時間しかかかっていない。その巨軀からは想像もできないほど素早い、右近の動きであった。

「さて――」

鉄刀を鞘に納めて、右近は呟いた。

「もう一杯、親爺に香典を貰うことにしよう」

2

古くは〈府中〉という呼称だったこの土地が、三島と呼ばれるようになったのは、賀茂郡より三島大社が迎祀されたからである。

祭神は三島大神――すなわち、大山祇命《おおやまつみのみこと》と積羽八重事代主神《つみはゆえことしろぬしのかみ》の二柱だ。

白御影石作りの大きな鳥居の前で、東海道から分かれて南へ下る街道が、下田道である。

江戸から東海道を西へ向かう旅人は、難所である箱根峠を無事に越えると、三島宿に泊まって〈山祝《やまいわ》い〉をした。

東海道を江戸へ向かう旅人も、三島宿に泊まって、翌朝、山越えをする。

さらに、三島大神は商業と漁業の神であったから、伊豆や駿河の人々が参詣に訪れる。

そういうわけで三島宿は大いに栄えており、門前の店々には客が溢れかえるようであった。

今日の正午前――門前に並ぶ掛け茶屋の前で、騒ぎが起こった。

若い夫婦者が道端で、亭主の浮気のことで言い争いを始めたのだ。そして、激高した女房の方が、晒し布に包んで持っていた出刃包丁を、逆手《さかて》に構えたのである。

「悔しいっ、お前さんを殺して、あたしも死ぬっ」

鶴のように痩せた女房は、喚きながら包丁を振りまわすが、腰が泳いでいる。亭主の方は逃げようとするのだが、酔っぱらっているらしく、足元がおぼつかない。

通りすがりの旅人も、茶屋で休んでいた参詣客も、その何とも締まらない刃傷沙汰を遠巻きにして、面白そうに見物していた。

野次馬の中には、「おかみさん、しっかりやれっ」などと、無責任に囃《はや》し立てる者までいる始末だ。

その時、

た。

「あっ、泥棒！」

大声を上げたのは、野次馬の群れから離れたところにいた旅姿の女――お紋であった。

掛け茶屋の縁台に置きっ放しになっていた風呂敷包みを、小柄な中年男が持ち去ろうとしたのだ。

「こら、何をするかっ」

野次馬に混じっていた初老の武士と若い中間が、急いで男に駆け寄った。

男は、風呂敷包みを捨てると、脱兎《だっと》の如く逃げ出したのである。

野次馬の視線が、その泥棒騒ぎの方に集中した隙に、例の若夫婦が姿を消していた。

つまり、出刃包丁まで持ち出した夫婦喧嘩は狂言で、人々がそれに気を取られている間に、仲間の中年男が金目のものを置引《おきび》きをする――という手筈だったのだろう。

「いや、そなたのおかげで助かった。夫婦喧嘩の見物などしている間に、これを悪者《わるもの》に盗られてしまったら、わしは腹を切る羽目になるところだった。礼を言うぞ、お紋とやら。この通りだ」

初老の武士は何度も頭を下げて、謝礼として包み金を渡そうとした。

お紋は断ったが、結局、根負けして、それを受け取ったのである。

それから、お紋は、平旅籠《ひらはたご》の〈岡田屋〉へ宿泊した。あてがわれた部屋で一人になってから、紙包みを開いてみると、中身は二分金が一枚。

二分は一両の半分で、「一両あれば、江戸の裏長屋の一家四人が一月は暮らせる」のだから、決して少ない額ではない。

初老の武士は、お紋が置引きを報せてくれたことに、よほど感謝しているのだろう。

夕方になって、お紋は、三島大社に参詣をした。すると、二人組の浪人が近づいて来て、彼女を力ずくで拉致しようとしたのである。

相手の手を振り切って、お紋は必死で逃げ出し、目についた居酒屋〈金太郎〉に飛びこんだのであった……。

「――あたし、運が良かったんですね」

秋草右近の広い背中に頬をこすりつけながら、お紋は気怠げな声で言った。

「とっさに飛びこんだ店に、偶然、旦那みたいな強い人がいてくれて」

「きっと、お前の日頃の心懸けが良かったのだろう」

夜具に腹這いになって煙草を喫いながら、右近は言った。

行灯の明かりに照らされた二人は、裸体である。

無頼浪人どもを撃退して、香典代わりの酒を飲んでから、右近は、二階の座敷でお紋から事情を聞いているうちに、なるようになってしまったのだ。

親爺の兼吉は気を利かせて、二階へは上がって来ない。

閨事（ねやごと）の激しさを物語るかのように、割り島田に結ったお紋の髪は乱れて、頬は赤らんでいる。

「旦那のように立派な御浪人もいるのに、あの二人、夜も更けないうちから、女を攫《さら》おうだなんて……本当に厭《いや》な奴ら」

大きめの胸乳《むなぢ》を右近の肌に押しつけるようにして、お紋は言った。二十七歳だというお紋の肉体は、成熟しきっている。

「それなんだがな」

煙管を煙草盆に置いて、右近は、女の方に顔を向けた。

「あいつらは素面《しらふ》のようだった。それなのに、宵の口に通りで、いきなり女を襲うというのは、少し妙じゃないか」

「え？」

「つまりな。あいつらは、お前をお紋だと知った上で、攫おうとしたように見えたんだ」

相手の瞳を覗きこんで、右近は言う。

「何か、心当たりはないか」

「そんな……」

お紋は、はっと目を見開いた。

「ひょっとして、あの狂言の一味の仲間かしら」

「うむ」右近は頷いて、

「俺も、それを考えていた」

お紋に置引きを邪魔された一味が、彼女を拉致して、仕返しをしようとしたのではないか。

「あたしを攫って、どうするつもりだったんでしょう」

「悪党の逆恨みだからなあ……ろくなことは考えていないだろう」

右近は言葉を濁した。

一味の隠れ家に運んで、責め苛《さいな》んだ挙げ句に殺すつもりだったのでないか——とは、本人を前にしては言いにくい。

「怖いっ」

怯えたお紋は、男の太い首にかじりついた。そして、右近にくちづけすると、狂おしく舌を差し入れる。

躯の芯に火がついた二人は、再び、ひとつに溶け合った……。

3

「桜の蕾が、あんなに膨らんでる。もうすぐ、開きそうね」

穏やかな陽射しの降りそそぐ相生橋《あいおいばし》の上で、お紋が言った。

三島大社の石の鳥居を潜《くぐ》って、参道を進むと、左右に広がる神池《しんち》に橋が架かっている。これが、相生橋である。

翌日の正午《ひる》過ぎになって、秋草右近とお紋は、ようやく目を覚ました。明け方近くまで、飽くことなく睦み合っていたからだ。

そして、兼吉が用意してくれた食事を摂ると、二人は、三島大社を訪れたのである。

右手の神池の畔や参道の両側には、二百本もの桜の木が並んでいた。

桜が満開になれば、鯉の泳ぐ神池の面にそれが写って、幻想的な風景になることだろう。

「桜か……」

右近は、遠くを見る目つきになった。

「江戸には、向島とか飛鳥山とか、桜の名所が幾つもあるんですってね」

そんな男の横顔を見上げて、お紋が言う。「よく知ってるな」

「そうよ」お紋は乾いた声で、

「だって、あたし、八年間も飯盛女《めしもりおんな》だったんだもの。江戸から来た客と寝たのは、一度や二度じゃないわ」

　飯盛女とは、給仕という名目で旅籠が抱えている娼婦である。泊まり客相手に軀を売る妓《おんな》たちのことだ。

　東海道五十三次のほとんどの宿場には、この飯盛女がいた。宿駅の運用費の調達のために、公儀は、飯盛女の存在を黙認している。

「……………」

「夕べ、旦那は、あたしの素性をまるで訊かなかったわね。訊かなくても、わかってたの？」

「いや」

　右近は、源頼朝が放生会《ほうじょうえ》を行ったという神池に視線を落として、

「だが、女一人の旅なんて、何か訳が有るに決まってるからな。無理に訊き出すこともないと思ってたんだ」

「ふ、ふ。優しいのね」

　寂しげに微笑む、お紋だ。

　――下田湊《みなと》の近くの漁村で、お紋は生まれた。十六の時に村の若者に嫁ぎ、十八

で男の子を産んだ。その子は、太助《たすけ》と名づけられた。

ところが、翌年、博奕好きの亭主が五十両という借金を作ってしまた。お紋は、その借金を返済するために、乳飲み子の太助と別れて、八年の年季で飯盛女となったのである。

働き場所は、駿河国冨士郡の吉原宿であった。

「やっぱり、同じ豆州《ずしゅう》じゃ厭なのね。知り合いが客になるかも知れないし」

参詣が終わってから、若宮神社の近くの掛け茶屋の縁台に座って、お紋は言った。

「で、年期が明けて、前借金の返済も無事に終わっていたんだな」

「ええ。評判が良かったのよ、あたし、床上手《とこじょうず》だって」

お紋は、右近の方を見て、にっと嗤う。

「旦那なら、わかるでしょ」

「まあな」

昨夜のお紋の様子を思い出して、右近は苦笑した。

「すると、お前は自由の身になって、下田へ帰る途中なのか」

「多少は蓄えもあるんで、そのはずだったんですけどね……」

お紋は声を落とした。

「亭主の奴、六年前に海で死んだんですって。そして、あたしの産んだ太助は、隣の村に里子に出されちまったの」

「誰に訊いたんだ」

「昨日、泊まった岡田屋の下男が、たまたま、隣の村の人だったのよ」

あまりの事実に衝撃を受けたお紋は、数刻の間、啞然自失の有様であった。ようやく気を取り直して、三島大社へ参詣に出た時には、もう夕方になっていたのである。

「ふうむ……」

「太助に会いたいけど、あたしの顔なんて覚えてないだろうし……実の母親が飯盛女をやっていたと知って、あの子が喜んでくれるわけないしね」

お紋は、胸の中の哀しみを吐き出すように、長々と溜息をついた。

「何のために、八年間も苦界《くがい》に沈んで辛抱していたのか……馬鹿みたい」

「……」

右近は、慰める言葉が見つからなかった。黙って、お紋の右手を取り、両手で包みこむ。お紋は右近の顔を見て、嬉しそうに微笑んだ。

「本当に優しいのね、旦那は」

「薄情者と罵られて、女から徳利を投げつけられたこともあるがな」

わざと情けない表情で言うと、お紋は声を出して笑った。

「おかしな人……ねえ、旦那。もし、旦那さえ良ければ」

真剣な目つきになったお紋が、何か言いかけた時、

「――」

二人の前に、人影が立った。

見ると、羽織袴姿の中年の武士である。猛禽《もうきん》のような鋭い風貌であった。

浪人ではなく主持ちだと、一目でわかる。

全身から、ただならぬ威圧感を放っていた。

「わしの名は、川崎宗吾」

その武士は名乗った。

「そなたたちに用がある。少し付き合ってくれ」

4

三島大社の西側の門から出た川崎宗吾は、秋草右近に背中を見せたまま、佐野街道脇の雑木林の中へ入ってゆく。

「………」

右近は、お紋を連れて、そのあとに従った。もし、お紋を逃そうとしたら、振り向いた川崎は、抜く手も見せずに彼女を斬り倒すだろう。それだけの腕前を持つ男で

あった。

お紋は右近の袂を堅く握って、ついてくる。

雑木林の奥に、小さな池があった。

三島には、富士山の湧き水が作る池が百箇所以上もある。この池もまた、清冽な泉が作ったものであろう。

その池の畔《ほとり》に立ち止まって、川崎宗吾は振り向いた。

「お主は、秋草右近というそうだな」

「まあ、な」

「わしと立合ってもらいたい」

右近の目を真っ直ぐに見据えて、川崎は言った。

「何のために」

「それは言えぬ」

「俺が断ったら、どうするね」

「その女を斬る」

川崎は、事も無げに言う。

「そんなことは、俺が許さん」

「だろうな」と川崎宗吾。

「で、我らは斬り合いになる――それなら、最初から堂々と立合っても、同じ事だ」

「……わかった」

悔しいが、相手の言う通りにするしか、手はないようであった。

とにかく、この男に右近が勝てば、お紋は助かるのだから。

川崎宗吾は、羽織を脇へ脱ぎ捨てた。すでに、襷掛けをしていた。そして、袴の股立ちをとる。

着流し姿の右近は、相手から二間《けん》の間合《まあい》をとって、

「では、始めるか」

「うむ」

川崎は頷いて、さっと抜刀した。右近も、ゆっくりと鉄刀を抜く。

両者は正眼に構えて、互いに見合った。

やや離れた場所に立ったお紋は、両手を胸の前で握り締めて、二人を見つめている。

「………」

「………」

静寂の中で、右近も川崎も動かなかった。遠くで、鶯の鳴く声がする。

右近は、額に汗がにじむのを感じた。

「――っ」

獰猛なほどの気合とともに、大上段に振りかぶった川崎宗吾が、斬りこんで来た。

相手の一撃を、右近は、鉄刀で受け止める。　が、受け止めた瞬間、川崎の剣は、さっと離れた。

そして、右近の胴へ水平に斬りつける。

しかし、その刃《やいば》の根本へ、右近の鉄刀が振り下ろされた。

鼓膜を破りそうな金属音とともに、川崎の刀身は割れ飛んだ。

「ちっ」

何の迷いもなく、川崎は瞬時に、大刀の柄を捨てた。そして、脇差の柄に手を掛ける。

その脇差が鞘から抜かれようとした時、右近の鉄刀が、川崎の額に振り下ろされた。

「ぐ……」

川崎宗吾の軀は、ゆっくりと横倒しになった。脳震盪を起こしたらしく、意識を失っている。

右近は、噛みしめた歯の間から、しゅっと鋭く息を吐いた。

次の瞬間、さっと左側の繁みの方を向くと、袂に入れていた小石を投げつける。

「ぎゃっ」

濁った悲鳴を上げて、繁みの中から人間が転げ出てきた。

「あっ、昨日の……」

お紋は啞然とした。

小石に割られた額を押さえて呻いているのは、狂言一味に風呂敷包みを取られそうになった、あの初老の武士だったのである。

5

翌日の早朝——三島大社の前、東海道と下田街道が分かれる場所に、秋草右近とお紋は立っていた。二人とも、旅支度だ。

朝靄《あさもや》の流れる中を、早立ちの旅人が行き交っている。

「旦那には、本当にお世話になりました」

お紋は、お辞儀をする。

「じゃあ、下田へ帰るのか」

「ええ。蔭から一目でも、大きくなった太助を見て来ます。それから後のことは、それから考えてますよ」

「子供の顔が見たいと思うのは、親として当たり前だ。だが……自棄になるなよ」

「大丈夫」お紋は頷いた。

「せっかく、旦那に二度も助けてもらった命なんだから、決して粗末にはしません」

事件の真相は、意外なものであった——狂言の一味は無関係で、二人組の浪人者を雇ったのは、例の初老の武士だったのである。

三島宿から西へ一里半で、駿河国駿東郡の沼津宿だ。沼津宿は、水野家沼津藩五万石の城下町でもある。

沼津藩で目付役を務めているのが、伊藤靭負《ゆきえ》。その伊藤家の用人《ようにん》が、初老の武士——谷山半兵衛だ。

さて、昨年の暮——伊藤家では、どうしても六十両の金が必要になった。だが、目付という役目上、用人が城下の金貸しの家を訪ねるわけにはいかない。

そこで、家宝である鳳凰蒔絵金銀象嵌《ほうおうまきえきんぎんぞうがん》の印籠《いんろう》を、谷山半兵衛は、隣国の三島宿の質屋に、密かに持ちこんだのである。

首尾良く六十両を借りられて、伊藤家は無事に年越しができた。

年が明けてから、半兵衛は金策に駆けまわり、二月になってようやく、六十両と利息を作ることができたのである。

中間を連れた半兵衛は、三島宿の質屋で印籠を請け出すと、ほっとして三島大社前の掛け茶屋に入った。

そして、茶を飲んでいるうちに、夫婦喧嘩の狂言が始まった。

中間ともども、半兵衛が呑気《のんき》に野次馬になっていると、置引きに印籠の風呂敷包みを取られそうになった。

そこで声を上げたのが、お紋であった。

危うく主家の家宝を盗られるところだった半兵衛は、大いに感謝して、二分金の謝礼を彼女に渡したのである。

そして、谷山半兵衛は風呂敷包みをしっかりと胸にかかえこんで、駕籠に乗り、沼津の伊藤家の屋敷へ戻った。

ところが、半兵衛から経緯を聞いた主人の靭負が、激怒したのである。

「その女の口から、此度《こたび》の失態が洩れたら、何とする。わしは切腹、伊藤家は取り潰しだぞ。その女、しかるべく処置するのだ」

伊藤靭負がそう命じたのも、無理はない。実は、鳳凰の印籠は、三代前の先祖が藩主から下賜《かし》されたものであったのだ。

命よりも大事な拝領品を、事もあろうに質入れしたとわかったら、最も厳しい処分が下ることは間違いない。

それで、半兵衛は、流れ者の無頼浪人を雇って、お紋の口封じをしようとしたのだ。

ところが、その二人は、お紋を人知れず斬殺するはずだったのが、予定を変えて攫おうとした。

お紋をどこかに運びこみ、散々に手籠《てごめ》にしてから、殺そうとしたのである。

しかし、二人は、秋草右近に軽々と撃退された。

そこで、半兵衛は仕方なく、伊藤家の家来である川崎宗吾に、お紋と右近の抹殺を頼んだのである。

その頼みの綱の川崎宗吾も、右近に敗れて、半兵衛も捕まってしまった。

右近に脇差で、髷《まげ》を斬り落とされた半兵衛は、落ち武者のようなざんばら髪になり、真相を白状した。

「いいか。俺もお紋も、印籠の話は誰にも話さない。だから、二度と、刺客《しかく》を雇ったりするな」

右近は、半兵衛に言い聞かせた。

「もしも、お紋に手を出したら、俺は必ず伊藤家の屋敷へ乗りこんで、主人を叩っ斬る。だが、その前に、この事件の真相を書いたものを何百枚も摺《す》って、沼津中にばら撒いてやるからな。主人にも、そう言っておけ。いいか、わかったかっ」

「わかった、わかりました」

半兵衛は、がくん、がくんっと音がするほど大きく頷いた。

お紋が、その顔面に謝礼に貰った二分金を叩きつけたことは、言うまでもない……。

そして、情熱的な一夜が明けて、二人の別れの刻《とき》が来たのである。

「──あのね」

遠慮がちに、お紋が言う。

「あたし、本当は、あの桜の花が咲くまで、旦那と一緒にいたいの。二人で相生橋に立って、花見がしてみたいの。だけど……旦那の心の中には、別の人がいるのよね」

「……」

「数え切れないほどの男と肌を合わせてきたあたしだから、わかるのよ。あたしを抱いている時も、旦那は、誰か大事な人のことを考えてるって」

「……お紋」

「謝っちゃ、厭よ。その方が、惨めになるから」

お紋は、無理に笑って見せた。

「じゃあ、行くわね」

深々と頭を下げて、お紋は、右近に背を向けた。そのまま一度も振り返らずに、下田街道を歩き去る。

女の姿が靄にかすんで見えなくなるまで、右近は、その場に立っていた。

それから、右近は、通りを金太郎の方へ歩く。

店の前では、親爺の兼吉が、しょんぼりと立っていた。

「ぐうたらの旦那、行くのかい」

兼吉は、右近の姿を見て涙ぐむ。

「うむ、ずいぶんと世話になったな」

「そうか……やっぱり、子として親御《おやご》さんの墓参りはしなきゃいけねえよな」

「親爺も達者でな」右近は笑顔で、

「仙人に片足を突っこむまで、長生きしてくれよ」

兼吉の肩を軽く叩くと、右近は、新町橋の方へ歩き出した。

その橋を渡った先が箱根八里、そのまた先が小田原宿、そして――そのずっと先に、八重のいる江戸があるのだ。

一歩、一歩、東海道の土を踏みしめながら、十二年の歳月がもたらす不安と期待が胸の奥で舞い踊るのを、秋草右近は感じていた。

あとがき

　この『ものぐさ右近人情剣』シリーズは、伝奇物やヴァイオレンス剣戟物を書き続けて来た私が、初めて手がけた人情物です。

　今回は、オリジナルの光文社文庫『ものぐさ右近風来剣』の七篇から六篇を収録し、さらに第一話『江戸の春』の前日譚となる番外篇『三島の桜』を書き下ろしました。

　元の掲載誌は「小説宝石」（光文社）で、その前の『髪結新三《かみゆいしんざ》事件帳』が好評だったことから、担当氏からは「同じような、濡れ場のあるハードなチャンバラ物を」と注文されていしました。

　ですが、どうしても山手樹一郎風の人情物が書きたかった私は、無理を言って『江戸の春』を書かせてもらったわけです。

　幸いなことに、この第一話は読者に歓迎されて、結局、『右近』は五巻も続くシリーズになりました。

　私の我儘を許してくれた当時の担当氏と編集部には、本当に感謝をしています。

　主人公である秋草右近の姓の〈秋草〉は、超人気ＴＶ時代劇であった『隠密剣士』（ＴＢＳ）の主役・秋草新太郎（大瀬康一）から拝借したもの。

そして、右近の外見のモデルは、月形龍之介・主演の東映オールスター時代劇『水戸黄門』（1965年）に出た、大友柳太朗です。

大友さんは、裏長屋に住む東北弁の浪人の井戸甚左衛門という役で、武士とか町人とかいう身分の差は全く気にせず、「自分は貧乏でも、長屋のみんなと一緒に酒を飲んでいる方がいい」という生活信条の持ち主で、ラストでは仕官の話も断ってしまう。

この映画に原作はなく、黒澤明の作品にも参加している小国英雄のオリジナル脚本ですが、井戸甚左衛門は、人情時代劇には欠かせない〈明朗浪人〉のひとつの完成形だと思います。

山手さん風の江戸の街に、井戸甚左衛門を立たせて、そこに池波正太郎さんの『剣客商売』風の味つけをしたのが、この『ものぐさ右近』というわけです。

掲載時の挿絵は、『ストップ！　にいちゃん』で一世を風靡した、漫画家の関谷ひさしさん。

ちなみに、「スポーツ万能の主人公を、口でやりこめる勝気なヒロイン」というと、TVアニメ化もされたちばてつやさんの『ハリスの旋風』のおチャラ（朝井葉子）が有名ですが、『ストップ～』の北川サチコが、その先駆ではないでしょうか。

関谷さんは、「第一回日本グランプリのときにはでようかどうか真剣に考えた」（虫コミックス版『ストップ～』第五巻・「作者のことば」より）というほどのカーマニアで、『少年No.1』や『イナズマ野郎』などのレース漫画も手がけています。が、実は、デビュー当時から、『少年八剣士』『さむらいの賛歌』『少年ニッポン』など、時代物も数多く描かれているのです。

また、青年劇画誌「リイドコミック」に連載された『空のシーザー』（原作・福本和也）という航空物には、巨乳美女が登場してベッドシーンもありました。

一九五〇年代から六〇年代にかけて活躍した漫画家の方々には、桑田次郎さんや一峰大二さん、佐藤まさあきさんなどのように、誰にも真似できない超強烈な個性を持つ独立峰が多いのですが、関谷さんの画風も実に摩訶不思議なもので、人物が胴長短足に描かれているに、なぜか格好いい。

前《さき》に述べた『髪結新三』が「小説宝石」に掲載されていた時、関谷さんは同誌に見開き二頁で、落語風のサイレント時代物コメディを描いておられました。

それが面白かったのと、胴長短足の人物というのは、いかにも江戸人風の体型なので、関谷さんに『右近』の挿絵をお願いしたわけです。

で、毎回、実に味わいのある飄々とした挿絵が掲載されたのですが、『風来剣』に書いていただいた関谷さんの解説によると、非常に苦労をして何度も描き直してされていた、とか。

一度、お会いして、子供の頃に観たという極東シネマの時代劇の話など聞かせていただきたかったのですが、その機会もないまま、二〇〇八年に亡くなられました。享年八十。

関谷さんの遺作である『侍っ子』は、タイトルからわかる通り、時代物コメディです。

虫コミックス版『ストップ〜』の第十一巻の「作者のことば」によれば、関谷さんは、一般的なGペンではなく、丸ペンを愛用しているとのこと。『侍っ子』も丸ペンで描かれたのだ思いますが、七十代にして、その線の瑞々しさには驚かされます。

光文社文庫版の『右近』シリーズは、笠井あゆみさんに端麗な表紙画を描いていただきました。

そして、今回、二〇一一年に逝去された堂昌一さんの画を、奥様の許可を得て、使用させていただくことができました。

時代物の挿絵画家の大御所である堂さんには、私が「小説ＣＬＵＢ」（桃園書房）に『闇目付《やみめつけ》事件帖』を書いた時に、挿絵をお願いしたことがあり、この作品は、文芸社文庫で『闇目付参上／地獄の掟』のタイトルで刊行されています。

雑誌掲載時の挿絵、初書籍化の表紙、そして、今回の再文庫化の表紙と、いずれも素晴らしい画に恵まれて、私は本当に小説家冥利《みょうり》に尽きますね。

第二巻は、本年夏の予定です。今後とも、『右近』シリーズをよろしくお願いします。

二〇一七年一月

鳴海　丈

〈参考資料〉

『朝鮮人参秘史』 川島佑治（八坂書房）
『江戸の妙薬』 鈴木昶（岩崎美術社）
『平賀源内』 芳賀徹（朝日新聞社）
『川越舟運』 斎藤貞夫（さきたま出版会）
その他

〈初出一覧〉

江戸の春 「小説宝石」平成11年8月号
鞘の中 「小説宝石」平成11年12月号
仇討ち乙女 「小説宝石」平成12年3月号
夏の音 「小説宝石」平成12年6月号
賭場の客 「小説宝石」平成12年9月号
紅葉の女 「小説宝石」平成12年11月号

本書は、二〇〇一年三月、光文社から刊行された『ものぐさ右近風来剣』を改題し、加筆・修正し、文庫化したものです。

文芸社文庫

仇討ち乙女 ものぐさ右近人情剣

二〇一七年二月十五日　初版第一刷発行

著　者　鳴海　丈
発行者　瓜谷綱延
発行所　株式会社　文芸社
〒一六〇-〇〇二二
東京都新宿区新宿一-一〇-一
電話　〇三-五三六九-三〇六〇（代表）
〇三-五三六九-二二九九（販売）
印刷所　図書印刷株式会社
装幀者　三村淳

ISBN978-4-286-18395-4

［文芸社文庫　既刊本］

火の姫　茶々と信長
秋山香乃
兄・織田信長の命をうけ、浅井長政に嫁いだ於市は於茶々、於初、於江をもうけるが、やがて信長に滅ぼされる。於茶々たち親娘の命運は――？

火の姫　茶々と秀吉
秋山香乃
本能寺の変後、信長の家臣の羽柴秀吉が後継者となり、天下人となった。於市の死後、ひとり残された於茶々は、秀吉の側室に。後の淀殿であった。

火の姫　茶々と家康
秋山香乃
太閤死して、ひとり巨魁・徳川家康と対決する於茶々。母として女として政治家として、豊臣家を守り、火焔の大坂城で奮迅の戦いをつらぬく！

それからの三国志　上　烈風の巻
内田重久
稀代の軍師・孔明が五丈原で没したあと、三国志は新たなステージへ突入する。三国統一までのその後のヒーローたちを描いた感動の歴史大河！

それからの三国志　下　陽炎の巻
内田重久
孔明の遺志を継ぐ蜀の姜維と、魏を掌握する司馬一族の死闘の結末は？　覇権を握り三国を統一するのは誰なのか⁉　ファン必読の三国志完結編！

[文芸社文庫　既刊本]

蒼龍の星（上）　若き清盛
篠　綾子

三代と名づけられた平忠盛の子、後の清盛の出生の秘密と親子三代にわたる愛憎劇。やがて「北天の王」となる清盛の波瀾の十代を描く本格歴史浪漫。

蒼龍の星（中）　清盛の野望
篠　綾子

権謀術数渦巻く貴族社会で、平清盛は権力者への道を。鳥羽院をついで即位した後白河は崇徳上皇と対立。清盛は後白河側につき武士の第一人者に。

蒼龍の星（下）　覇王清盛
篠　綾子

平氏新王朝樹立を夢見た清盛だったが後白河との仲が決裂、東国では源頼朝が挙兵する。まったく新しい清盛像を描いた「蒼龍の星」三部作、完結。

全力で、1ミリ進もう。
中谷彰宏

「勇気がわいてくる70のコトバ」――過去から積み上げた「今」を生きるより、未来から逆算した「今」を生きよう。みるみる活力がでる中谷式発想術。

贅沢なキスをしよう。
中谷彰宏

「快感で生まれ変われる」具体例。節約型のエッチではなく、幸福な人と、エッチしよう。心を開くだけで、感じるような、ヒントが満載の必携書。